奏响吧，我的乐章！

〔日本〕反田恭平 著

竺祖慈 译

译林出版社

图书在版编目（CIP）数据

奏响吧，我的乐章！ ／（日）反田恭平著；竺祖慈译.—南京：译林出版社，2024.5

ISBN 978-7-5753-0100-8

Ⅰ.①奏… Ⅱ.①反… ②竺… Ⅲ.①传记文学－日本－现代 Ⅳ.①I313.55

中国国家版本馆 CIP 数据核字（2024）第 064244 号

SHUSHIFU NO NAI JINSEI by Kyohei Sorita

Original Japanese edition published by Gentosha Publishing Inc.

This Simplified Chinese language edition is published by arrangement with Gentosha Publishing Inc., Tokyo in care of Tuttle-Mori Agency, Inc., Tokyo through Pace Agency Ltd., Jiangsu Province.

著作权合同登记号　图字：10-2023-243号

奏响吧，我的乐章！［日本］反田恭平／著　竺祖慈／译

责任编辑　王　玥
装帧设计　星　野
校　　对　梅　娟
责任印制　闻媛媛

原文出版　幻冬舍，2022
出版发行　译林出版社
地　　址　南京市湖南路 1 号 A 楼
邮　　箱　yilin@yilin.com
网　　址　www.yilin.com
市场热线　025-86633278
排　　版　南京展望文化发展有限公司
印　　刷　江苏凤凰通达印刷有限公司
开　　本　787 毫米 ×1092 毫米 1/32
印　　张　7.125
插　　页　2
版　　次　2024 年 5 月第 1 版
印　　次　2024 年 5 月第 1 次印刷
书　　号　ISBN 978-7-5753-0100-8
定　　价　39.80 元

作者：**反田恭平** **Kyohei Sorita**

钢琴家、乐团指挥、实业家。1994年生于北海道普通工薪家庭，高中时获日本音乐大赛冠军，后入学柴可夫斯基音乐学院；2015 年签约哥伦比亚唱片发行首张专辑，2016 年首场独奏会门票快速售罄，2021 年在肖邦国际钢琴比赛中获第二名；多次登上热门人物纪录片栏目《情热大陆》，也曾为动漫《钢琴之森》配乐演奏。他还组建了管弦乐团，成功将其公司化运营，并结合新媒体平台不遗余力地推广古典音乐。

译者：**竺祖慈**

1949 年 1 月生，资深编审、古典音乐爱好者，曾任《译林》杂志主编、全国日本文学研究会副会长，获第八届鲁迅文学奖文学翻译奖，译有川端康成、三岛由纪夫、太宰治、井上靖、藤泽周平等名家名作十余部。

目录

第四章　台下功夫

第五章　靠音乐吃饭

序章　踏上夺冠之路

肖邦国际钢琴比赛——

出生于19世纪前半叶的弗里德里克·肖邦是被世代传颂的伟大天才，冠以他名字的这场大赛每五年才举办一次，原本就比奥运会开幕更难得一遇，这次又因新冠疫情的影响而延期一年。

“大赛万一又因疫情突然停办呢？”

我压抑着心中不断涌起的不安，在DVD送审、预选赛、第一轮、第二轮、第三轮预赛中，仿佛一级一级往上爬台阶似的，层层通关。

2021年10月18日，是肖邦国际钢琴比赛的决赛日。来自53个国家的502名参赛选手，只有12人进入决赛。终于，我站上了这个打小就梦寐以求的舞台。

从第一轮预赛到决赛，不到三周的时间里赛事接踵而至。2021年10月4日第一轮预赛，10月10日第二轮预赛，10月14日刚通过第三轮预赛，10月18日便是决赛之日——赛程就是如此紧锣密鼓。10月17日是肖邦的忌辰，这天停止一切活动，全员进行追思悼念。

决赛前一天，10月17日，四年前的记忆涌上心头。不知是偶然，还是命运的安排，我恰巧就是四年前的这天、2017年10月17日开始在华沙音乐学院（弗里德里克·肖邦音乐学院）受教于彼得·帕莱齐内（Piotr Paleczny）先生；而且当时在老师面前弹奏的，就是后来在决赛赛场上演奏的肖邦《第一钢琴协奏曲》。

那天课后，老师说："今天是肖邦的忌日，晚上要去教堂。"当时的我还未能明确意识到10月17日对波兰人和音乐家来说是何等重要的日子。"是吗，今天是肖邦的忌日？"从那瞬间起，"10月17日"这个日子对我而言，便具有了特殊的含义。

报名参加"肖赛"时，我的参赛编号是64号。

"五十一年前我在肖赛中获得第三名时也是64号，真好像有种不可思议的缘分啊！"

竟有这种偶然的一致，也未免太巧了。彼得·帕莱齐内先生笑着送我参加决赛。我想着把这一首肖邦《第一钢琴协奏曲》弹给决赛现场的老师听，心无旁骛地进行了演奏。

作为一名钢琴演奏者，我也有志于成为指挥家。在肖赛决赛的舞台上，肖邦写下的总谱各声部由华沙国立爱乐乐团演奏，弦乐、铜管乐、木管乐、打击乐的演奏者汇聚一堂。

说不准哪个声部的演奏者会在哪个环节跳音，决赛中也可能有乐手失误引发事故，但不管发生什么，我都有绝对的自信能在比赛现场应付下来。对于总谱，我已像用显微镜仔细观察过一样烂熟于心，能做到演奏时不漏听任何一个音的程度。

“啊，我是何等幸福，能与肖邦相遇，并因此令自己的人生如此丰富。弹钢琴真好！”

我在决赛舞台上弹着琴，浑身的细胞都在欢乐地震动，度过了如痴如醉的四十分钟。

我与音乐结缘二十余年，如今得以进行自己人生最酣畅淋漓的演奏，这段时光是那样致密，每分每秒都仿佛正在凝结成永恒。我埋首于伟大的肖邦留下的乐谱，此刻的我，与肖邦活在同一时空，与肖邦融为一体。

全身笼罩在令人沉醉的辉煌灯光之中，我使出自己所有的能量，完成了《第一钢琴协奏曲》的演奏。

那一刻，我所追寻的肖邦现身于舞台之上。而与他对话的我，甚至可能过于饶舌了。

第一章　与钢琴相遇

闯过鬼门关

1994年9月1日，我出生于札幌市。

听说当时是脐带绕了两三圈，胎位颠倒，母子都处于危险状态。根据医生的判断，母亲紧急做了剖腹产手术才生下我，而我则一度陷入休克状态。

病房里的心电监测仪的警报声响起，当时我已一度死亡，去向另一个世界，然后又被拉了回来。

父亲是东京人，被公司外派到札幌期间与母亲相识，然后有了我。我出生后，他很快又被调到枥木县工作，我们一家在那里住了几个月后，又因他的调动迁往名古屋，并一直住到我上完幼儿园小班。

我三岁那年，有一张传单投到了我们在名古屋住的公司宿舍。那是雅马哈音乐培训班的广告。一个跟我要好的小朋友想要参加，当时周围的家长们似乎都对此颇感兴趣，都想把孩子送去。

于是，妈妈随了大流，决定送我去上培训班的体验课。有的读者大概听过雅马哈音乐培训班电视广告上的音乐：“哆咪咪发嗦～啦发咪·咪·哆～嗦～发咪·嗦·咪·咪（声音变小）嗦～发咪·嗦·发·咪·咪”，体验课时我们就做过这样的听音猜谜。

培养学生在听到节拍和音乐时身体自然产生反应，这种音乐教育叫作“体态律动”（法语rythmique），是瑞士音乐教育家达尔克罗兹（Dalcroze）发明的教育方法，听音猜谜属于体态律动的初级阶段。我猜谜的正确率奇高，引起了大人的注意。

当时的我完全不识音符之类，也从没接触过钢琴、电子琴。

在培训班学了半年，父亲趁我幼儿园小班结束之际决定调回东京。据说当时雅马哈音乐培训班的老师对母亲说：

“这孩子的听力太好了，到了东京一定要让他继续学习音乐，不管是钢琴或是小提琴都行，他一定会有出息的。”

其实我只是从遮住眼睛的手指缝间，偷瞄了老师弹的是哪个键而已。

邂逅“明星老师”

从名古屋搬到东京后，四岁的我进了“一音会”[1]音乐学校，在那里学习到十一岁。这个培训班培养孩子的绝对乐感。在一音会有很多学员弹得一手漂亮的钢琴，简直让人不敢相信他们还是小孩。我记得有小学二年级学生就能弹奏肖邦的《幻想即兴曲》。

在这里，学员也被要求说出老师在钢琴键盘上弹的是什么音。在名古屋时我就通过作弊，将这种听音游戏当作拿手好戏。但没过多久，我就不用作弊也能轻易地辨识所有的音了，本以为非得作弊才能知道，事实上并非如此。尽管谁都没教过，我却立刻就能知道这个音是哪个白色键

---

1 位于东京都丰岛区的音乐培训机构，主要以儿童为培训对象。——译注。本书脚注如无特别标明均为译注。

盘（哆唻咪发嗦啦西哆）发出的，而且还能听出黑色键盘的半音，并模拟和弦和不协和音，如果仔细听，即使一股脑儿弹出十一个音，我也能从低到高说出它们。

我小时候还以为把耳朵听到的声音照原样再现是自然而然的一件事，其实不然，与我同时学钢琴的妈妈就不善于听音猜谜。大人尚且如此，孩子则更是很难立刻掌握，于是我意识到自己或许与周围的孩子略有不同。

当时的一音会规模很大，有数千学员在学习绝对音感，不仅进行以听音猜谜为起点的韵律训练，还会排演小型歌剧，让孩子们以音乐剧的形式表演《皇帝的新衣》《白雪公主》。我属于惹人注目的，自己举手报名要角色，对于登台表演毫无恐惧或羞怯心理。

一音会最初的教学以韵律训练和小型歌剧为主，钢琴属于副课，开始时两周一次，每次弹半个小时。最初教钢琴课的木下尚之老师长得酷似日本电视台综艺节目上的艺人“茄子”[1]，“茄子”因参演综艺节目而走红，还在NHK教育电视台主持一档名为《天才电视君》的节目。我是这档节目的粉丝，所以见到木下老师瞬间一惊：“茄子！茄子会弹钢琴？”我一厢情愿地认定满脸胡须的木下老师就是“茄子”本尊，还跟父母撒娇耍赖说：我只要“茄子”老

1　本名滨津智明，出身于福岛县的著名电视节目主持人。

师教我弹琴，否则我就不去上课了。

据说有的老师在给小朋友上钢琴课时采取严格的教学方式，但木下老师可以说是反其道而行的，他摒弃了那种强行给孩子灌输音乐知识的斯巴达式教育，而是自己率先“垂范”，让孩子懂得什么叫作“享受音乐”。设若我当时所受的是揠苗助长的“英才教育”，或许在四岁的阶段就已经极度厌恶音乐了。幸亏有木下老师，才有了后来的我。原本两周一次，每次半小时的钢琴课，又因一个令人啼笑皆非的原因增加到一周一次：在当地的夏日祭中，赢得打靶游戏就能获得玩具或造型各异的气球作为奖品，我跟妈妈谈条件：“如果让我去玩打靶，我就答应每周都上钢琴课。”

随着练琴时间的增多，我能弹奏肖邦的《练习曲》和《幻想即兴曲》了。刚满11岁时，木下老师说：

“我能教阿恭的东西都已经教完了，我把自己这二十年来学到的知识全传输给他了。现在的阿恭水平已经超过我了，该让他从我这里毕业，跟更好的老师正儿八经地学习弹钢琴了。”

于是我从一音会毕业，转入了桐朋学园大学[1]音乐系附属的少儿音乐培训班。

1　位于东京都调布市的私立大学，以音乐教育见长。

钢琴是兴趣，足球是主业

我虽已记不清楚，但自己好像是从两岁就对足球有了兴趣，开始追逐皮球。在东京上的幼儿园有支足球队，毕业生中有人后来成为日本青年队的选手，我小学参加的足球队也有很多出色的孩子。

我是个天生的左撇子，这是一项有利条件——队里有左撇子，便可配置出更多阵型，因为其他队友大多是用右脚，所以我被选中出场的几率较高。我被安排在前锋或中场位置，一心一意地争取得分建功。

我平日放学就踢球，周六不是足球训练就是足球赛，于是每天最多只练一小时琴，从未想过将来成为钢琴家，而是每天把踢球当作生活重心。

然而十一岁时发生了一件改写我人生的大事：我想独自突破对方球队的强势紧逼时遭到了夹击，对方两个人一齐压在了我身上。我耳朵里听到“嘎嘣”一声，却全然不觉疼痛，或许那一刻多巴胺和肾上腺素大量喷涌，脑中想到的只是如何得分，于是立刻站起身来想要重新投入战斗。

我觉得此时理所当然地该给个任意球，可是向裁判举手示意的那一瞬间，却发现使不上一点力气，这才发觉不妙。“可能是骨折了吧……快叫救护车！”——裁判一脸慌张，指示旁人打119电话。很快，右手腕骨折的我被抬上了救护车。

当时先做了应急处置，次日做了接骨手术。当时的疼痛难以忘记，外科医生打趣道：“伤了鼻子的话，可比手腕疼多了。”当时正逢韩日世界杯（2002年），开幕前日本队选手宫本恒靖鼻子骨折，戴上了保护面部的护具，就像蝙蝠侠戴着面罩似的。

于是我痛切地领悟到：“宫本选手居然要忍着比这更剧烈的疼痛参加比赛！如此艰苦的职业不适合我啊。”

随着右手腕的骨折，我的足球运动员之梦戛然而止。

与音乐无缘的一家人

我家没人会弹钢琴或拉小提琴，亲戚中也没有专业的音乐工作者或音乐教师。我自己两岁到十一岁一直沉迷于踢足球，对儿时的钢琴课也没显示出格外的热情。母亲是斯蒂夫·旺达[1]的粉丝，在家常听欧美流行音乐。我小时候接触到的音乐十分有限。

母亲趁给我报班，也开始一起学琴，父亲则对音乐毫不关心。有时我弹肖邦，他还会冲我怒吼："什么玩意儿，这种乱七八糟的曲子！"在父亲听来，只要乐曲中混入稍显不和谐的音符，就是"乱七八糟"。

父亲对足球也兴趣全无，属于一个彻头彻尾的棒球派。我只有一次被他叫去一起做投接球练习，他把右撇子

1　斯蒂夫·旺达（1950—　）：美国盲人创作型歌手。

运动员的左手手套，硬往我的右手上套，然后让我用左手投球。球当然被我投得歪到了姥姥家。“你小子没有棒球天赋。回去吧！”这场投接球训练便在十分钟之内告终，之后我再也没有跟父亲一起玩过棒球。

小时候在家里练琴，总是被电视里棒球赛直播的噪音干扰。

“你的演奏有谁要听？只会影响左邻右舍。”

我家位于一片安静的住宅区，所以父亲不许我在晚上八点以后弹琴。下午五点放学回家，六点前吃完晚饭，看看电视，磨蹭磨蹭便到了七点，在家练琴的时间必然只挤得出个把小时，何况还只是一边看动画片一边用“哆咪咪发嗦啦西哆”的琴声做出一副练音阶的样子，无异于佯装看书备考，其实偷看漫画的行为。我的练琴态度基本上是不认真的。

从“保留入学资格”起步

“足球是主业，钢琴是爱好。”——我带着这一认知长到11岁，却以骨折为转折点，进了桐朋学园的音乐培训班。选择桐朋学园，唯一的理由是它位于我从家里骑自行车可达的距离。

在一音会时“茄子”老师对我一直很好，鼓励我按照自己喜欢的方式弹琴。为了回应他的这份关心，我希望能得到他的表扬，照着新谱练琴，会弹的曲子越来越多，包括肖邦的练习曲还有李斯特的曲子。我觉得自己的水平已超出了“少儿兴趣班”的程度，但毕竟还是兴趣，当时我仍对音乐基础一无所知，好比一个想成为法餐大厨的人连上菜的顺序都不懂，前菜没上就一下子端出了主菜。

桐朋学园大学音乐系附属的“少儿音乐培训班”开设

于1948年，小泽征尔[1]和中村纮子[2]是其第一期学员，而我则是其创立以来第一个“保留入学资格”的人。

在乐理考试中，我的成绩惨不忍睹，总分300分，我只得了18分。高音谱号如何书写，“嗦”音比“哆”音高了几度，如何识别音程和节拍……我对这些一窍不通，甚至不知还有“乐理”（西乐基础知识）的存在，这些学问于我来说都是闻所未闻。

考试内容还包括看着临时提供的乐谱进行新曲视唱，以及记录所听音符之类的视唱练耳测试。后来成为我高中时代恩师的川岛伸达老师（现任桐朋学园大学名誉教授），当时是桐朋学园音乐培训班的负责人，在面试时问我过去做过些什么，我大言不惭地答曰：“作曲。”老师立刻回问道：“你连高音谱号都不会写，又如何作曲呢？”

川岛老师最后宣布：“给你三个月时间，你要在这期间学习乐理知识，然后再考一次，如果下次考试合格，你就可以正式入学。”

之后的三个月里，我恶补原先一窍不通的乐理。一旦开始学习，立即发现自己打心眼里非常喜欢音乐。我对国语、数学、社会等学科并不发怵，成绩也还不错，可是乐

1　小泽征尔（1935—2024）：日本著名指挥家。
2　中村纮子（1944—2016）：日本女钢琴家。

理却远比其他学科有趣，我很快就忘我地投入其中。

三个月后再考，总分还是300分，我的成绩却从上次的18分一跃而至近270分，恰似在TOEIC考试[1]中得分两位数的人三个月后突然能操一口流利的英语了。

于是我在11岁时正式被桐朋学园音乐培训班录取。

这个培训班里共有一百来位学员。包括技能在内，总成绩前三名的优等生有权在音乐厅弹奏钢琴。在琴房和音乐厅里弹琴的感觉截然不同，我琢磨着要设法进入前三名，去音乐厅弹钢琴。

在此之前，我只是个凭着兴趣随便弹弹钢琴的人，而从进入桐朋学园音乐培训班的那一瞬间，我深感自己处于底层，若不立刻掌握十五至二十首乐曲，将远远落后于周围的同学。

这个培训班里的小林爱实七岁时即跟管弦乐团合作钢琴协奏曲，完成了自己的首演，九岁时登上纽约卡内基音乐厅的舞台。我开始了数年的苦斗，在以她为首的同辈竞争对手身后紧追不舍。

1　俗称“托业考试”，由美国教育考试服务中心设计主办，考试总分为990分。

我的指挥首秀

陡然由足球转向音乐，除了右手腕的骨折之外还有一个理由，那就是对做一个管弦乐队指挥的向往。

进了桐朋学园音乐培训班不久，我偶然见到一张“面向孩子的指挥讲座”的广告，暑假期间，我有幸加入了曾我大介先生（前东京新城市管弦乐团、现东京太平洋爱乐乐团指挥）主办的研习会。

当时的我，还在对因伤惜别的足球运动恋恋不舍，抱着一种叛逆心理：“凭什么非得参加这种研习会？”但同时，我也把整个暑假的时间都用于恶补读谱的功课，终于在研习会的最后一堂课上抓住了难得的好机会——操棒指挥专业的大型管弦乐队（东京新城市管弦乐团）。

勃拉姆斯的《匈牙利舞曲》、莫扎特的《G大调弦乐小夜曲》是人人耳熟能详的名曲，所以其他学员都想指挥此类作品，而题目中的柴可夫斯基《天鹅湖·查尔达什》（匈牙利的民族舞曲）则在孩子们间全然不知名，而且曲调不对孩子的口味，所以不受欢迎。只有它被剩了下来，却也是我的一个机会，我便主动请缨，指挥了这首乐曲。

当时受到的冲击和感染令我难忘。站上指挥台时我感受到巨大的压力，整个人都紧绷了起来。而当指挥棒挥出的瞬间，铜管乐器喷出的强大声浪，拍打着我全身上下。那一瞬间我的心中仿佛“嗖”地吹过一股强风。观众席上和指挥位置上感受到的声压，无论是质还是量都全然不同，音乐是何等辉煌、华丽和丰饶！仿佛，凭着自己的这一挥，就能激荡全世界人的心灵。

我眼前的世界从那瞬间起霍然一变。12岁的那个夏天，我暗自下决心“要在这个世上有所作为”，不是成为钢琴家而是成为指挥家的念头在我心间强烈地涌起。

研习会结束后，我鼓起勇气走向曾我大介先生，紧张得呼吸都乱了节拍，问道：

“我要怎样才能成为您这样的指挥家？”

曾我先生的回答是：

“若想成为指挥家，请先练精一门乐器。你在弹钢琴吧？”

“是的，在弹。我喜欢钢琴。”

“那就先把钢琴弹好，你把钢琴弹好了，钢琴就一定能为你拓展出一条走向指挥家的道路，你成为指挥家就是水到渠成的事了。”

曾我先生当时认认真真地给出的这个建议，至今铭刻在我的心间。

翌年6月，我初中一年级，又一个难得的好机会降临。朝日电视台的《无题音乐会》栏目推出一个名为“秀一把指挥棒”的活动，接受观众报名参与，母亲为我报了名。我得以指挥了东京城市爱乐乐团。因为有母亲推荐，我小学时代就爱看漫画《交响情人梦》，这次终于能在电视摄像机前指挥电视剧版《交响情人梦》的主题曲——贝多芬《第七交响曲》的最终乐章。

那一次我的感触也特别强烈，觉得自己对古典音乐的热爱达到了无以复加的程度，希望将来也能在这个舞台挥动指挥棒。我把曾我先生赠送的CD一直放在显眼处，决心“绝不放弃，我一定要成为指挥家”。若无小学六年级和初中一年级时的指挥经历，我大概难以挺过初中三年高强度的钢琴训练。

弹琴交友两不误

因为曾我先生的那句话，初中时代我练琴更下功夫了。不过，练琴虽认真，与朋友的玩耍和各种学校的活动，我也照样很投入。

我做事不喜欢半途而废，所以把练琴的日子和与同学玩耍的日子规划得清清楚楚，就像转换开关那样，总是全力以赴地投入眼前的事情。

那是一个以不良少年为主角的漫画和电影流行的时代，我在学校结交的尽是些调皮捣蛋的朋友，还曾因在学校里打群架而惹老师生气，幸好老师和我们都能正视问题并解决问题。

我积极参与学校活动，尤其是在合唱比赛中当指挥，让全班High起来。班上同学都知道我会弹钢琴，因此我在合唱比赛中特别能鼓舞大家的士气。我们中学的合唱比赛为每个年级设了一个指挥奖，我指挥过大型管弦乐队，说实话，自认为在指挥方面强过其他人。班上同学也都认为我这个指挥奖应是唾手可得。

可是不知什么原因，我在初中一二年级时都没能得到指挥奖。二年级时的获奖结果公布后，同学都像自己没得奖一样义愤填膺，还替我出头，跑去质问老师。

后来我听班主任老师解释了不让我得奖的原因："当时担心如果让你得到指挥奖，你作为一个学音乐的人就会过早地骄傲起来，我们当然知道你的指挥比谁都强，你比谁都更懂音乐，正因如此，我们不希望你因为在学校获奖就骄傲自满，所以不到最后时刻不会把奖给你。"

我作为指挥参加了初中最后一届合唱比赛，终于拿到了指挥奖。同学们也都陪着我开心。我意识到，其实学校的老师也在背后推着我在音乐之路上进步。

初中时代与老师同学们结下的情谊，也成了我之后走上钢琴家之路的原动力。

用冠军奖状说服父亲

上初中后，我开始拼命练琴，二年级时琴技明显长进，那是因为我踢球的时间归零，完全投入了练琴之中。而且家里给我买了电子琴，晚上八点以后也能练琴，条件大大改善。

我当时的电子琴像合成器一样可以发出三百来种声音，不仅有弦乐、铜管、木管、打击等管弦乐队所用乐器，而且还能发出架子鼓、鼓掌和人的欢呼之类各种各样的声音。

在练巴赫的作品时配上合唱的人声就容易产生现场感。我喜欢一边弹琴一边播放自己的演奏录音，享受一个人的乐队游戏，原本每天一小时的练琴不知不觉间延长到每天三小时。

在比赛中获得大奖的强者，暑假每天练琴八九小时是家常便饭，有人每天练至十二小时，与他们相比，我的练琴时间属实“少得可怜”。毕竟是玩心旺盛的初中生，与同学玩耍的时光于我来说也是珍贵的。

到了初三就必须选择今后的道路了，弹好钢琴后当指挥，我的这一志向依然没变，所以我没有任何理由去上普通高中，上有音乐特长的高中是我的必选项。然而对音乐毫无兴趣的父亲听了我的想法后，立即宣称：

“你若能在比赛中拿到第一，我就让你上音乐高中，但钢琴也只能弹到高中毕业为止。”

此话有机可乘，父亲并不了解哪个比赛是日本最重磅的，于是我想不必马上就着眼于那种顶级赛事，而是找个现在还来得及报名的中等规模的比赛去拿个奖。初二那年的圣诞节，我给父亲递上了一张奖状，那是头等奖，但父亲立刻挑剔道：

“这是啥玩意儿，不是第一名嘛。”

我明明拿了金奖，只不过奖状上没有“第一”的字样。于是我在之后的数月间又参加了三场比赛，这些比赛都明确地标出第一、第二的位次，而我在三项比赛中都拿了第一名，并把奖状交给父亲：

“我照您的话在比赛中拿了第一，让我上音乐学校吧！！”我像电视剧《半泽直树》中的大和田常务一样，平生第一次伏跪在地上央求。于是我终于获得父亲的准许，升入桐朋女子高中音乐科（男女兼收）学习。

金发、墨镜、沙滩鞋——我的高中时代

小学和初中都有校规，到了高中我得知并无严格的校规，于是染了一头金发，因为《交响情人梦》里的峰龙太郎（首席小提琴）是金发（也痴迷不良少年电影漫画），于是自己也想模仿，入学一周后就以金发和沙滩鞋的姿态出入学校，可能是形象过于轻浮不端，我很快就切身感受到了同年级的同学投来的异样目光。

桐朋是实行一贯制教育的私立学校，初中、高中和大学都在同一个校园，有人拥有价值上亿日元一件的名贵乐器，同学中富豪名流子弟颇多。有次一个女孩子约我说："有事要跟你谈，咱们去咖啡馆吧，这一带的店都是我爸开的。"他们与我生活在不同的世界，让我感叹世上竟有如此富裕的人。

我看起来一副浪荡模样，本质却并未腐化。我本来就是个不愿听人指示，只想我行我素的人，但也知道以如此任性的方式生活，是不可能成为一个有前途的音乐家的。

我对钢琴的态度必须有所改变了。高中三年不就应该在高压和束缚之下埋头苦学吗？我在桐朋学园大学音乐系附属的少儿音乐培训班有缘认识川岛伸达老师（时任桐朋学园大学音乐系教授），他在钢琴教学领域是一位有口皆碑的好老师，我想专门跟着他学琴。我需要的不仅是提高琴技，还应在做人方面成熟起来，于是我便去找川岛老师，提出：

“求您了，收我做您的门生吧。”

川岛先生爽快地收下了我这个弟子。入门时虽然毕恭毕敬，可是作为弟子的我平时态度极为不端正，无论对学长还是对老师都满不在乎地措辞简慢，完全不知应该如何使用敬语，去川岛先生处上课时虽知不合适，却仍是沙滩鞋、短裤，金发加墨镜的打扮，一副熊孩子出去捉昆虫的模样。

川岛先生实在看不下去，劝我道：“你能不能穿一套西装和皮鞋试试？那才是适合你的。”于是我买了一套银色的西装，银色西装配上金发和墨镜，越发恶形恶状。

在玩心旺盛的年岁埋头练琴时，我也有过这样的念头：“我为何要如此拼命练琴？”“让钢琴见鬼去吧！”我还曾用订书机在琴房墙壁打过孔。我在衣着和生活方式方面不愿受任何人束缚，一味地追求自由自在。对于叛逆期的我，川岛先生待以一种温和包容的态度，却又一步步脚踏实地，引领着我成长。

望着教室的窗外，川岛先生常说：

“你还年轻，今后会遇上种种失败，还会常常偏离正道。到了那时，老师会把你领回正道，所以你不妨趁现在尽情地走走弯路。不过我对你提出忠告时，你可一定要听哟。”

在首尔和纽约茱莉亚学院“开小灶”

2012年，我读高三时报名参加了每日新闻社和NHK共同举办的日本音乐大赛，那是职业演奏者崭露头角的机会。那年大赛的第一轮预赛于9月1日举行，那天正好是我的生日，之前的暑假，川岛伸达先生带我去首尔参加海外特训，事先对我说：

“既然参加大赛，希望你能意识到自己是作为桐朋学园的一员去冲击大奖的。为了赢得这次大赛，老师准备带你去海外进修，你去吗？”

“当然去！”我脱口而出。韩国的姜忠模先生是个天才，三十多岁就当上了纽约茱莉亚学院的教授。川岛先生与姜忠模先生取得联系，让我在首尔艺术大学接受他为期两周的私人授课。

去首尔的两周，我一分钱没花，赴韩的机票、食宿全由川岛先生掏腰包。

我通过了一轮轮的预赛，过了第三轮预赛便是一个月后的决赛。从那年开始，拉赫玛尼诺夫的《第三钢琴协奏曲》被加入了参赛曲目。我十分想弹拉赫玛尼诺夫，却遭到了激烈反对，于是我对川岛先生谎称自己将在决赛中弹肖邦，却在参赛曲目中填报了拉赫玛尼诺夫。

第三轮预赛过后，川岛先生问我："决赛的协奏曲你弹什么，确定是肖邦了吧？"我回答他说："对不起，其实我选了拉赫玛尼诺夫。"

川岛先生差点从椅子上摔了下来：

"我没弹过拉赫玛尼诺夫的《第三钢琴协奏曲》，所以也没教你，那是我不熟悉的曲子呀！"

川岛先生急忙再与姜忠模先生联系：

"我们要去美国两周时间，可以吗？"

三天后我到了纽约。继首尔开小灶之后，我又在茱莉亚学院接受单独补习。这次的全部费用仍由川岛先生掏腰包，他曾留学美国，英语很棒，不仅在上课时为我翻译，连吃饭订餐也与我寸步不离。

我第一堂课就遭姜忠模先生痛骂：

"你居然完全不会弹！这种状态干嘛还要来茱莉亚？"

"对不起，我昨天在飞机上读了乐谱。"

姜忠模先生态度顿时一变：

“什么？你昨天才开始读谱？那能弹成这样倒是挺了不起的了。咱们往下教吧。”

靠着川岛先生的陪同和姜忠模先生不失严厉的私授，我完全掌握了拉赫玛尼诺夫的第三钢琴协奏曲，在日本音乐大赛中以史上最年轻男性的身份获得第一（东京艺术大学大一学生务川慧悟与我并列第一），这个成绩成为我走向世界的决定性的起点（第二章中还将详述），我的人生路径从此清晰，没有任何停顿，就像自高而下的流水。

与她的永别

记得是在高中二年级，我在离学校最近的车站碰到了自己昔日的“初恋”。我是初中一年级时跟她交往的，两人一起放学回家，一起在活动小组玩，也仅是这么一种单纯的关系而已。

初中毕业以后再也没见过，那次与她重逢，她已有了成熟的模样，变得非常漂亮。

“哦，好久没见，还好吗……”

曾经的“他”和“她”在路上偶遇，淡淡的青春记忆在脑中瞬间闪过，虽然期待着“成人式上再见”之类的对话，话题却未能展开，稍稍聊了几句后便道了别，那成了我与她最后的交谈。半年后她就离开了这个世界。

我和本地的同学一起参加了她的葬礼，并抬起装着她遗骸的棺木，当时传至两手的感觉令我难忘：她的身体因病衰而变得非常瘦小，体重非常轻。人在短短的时间里竟会发生如此大的变化？我曾认为死亡还很遥远，如今它却第一次成为我眼前的现实。

目送灵车带走棺木，我和同学们坐在河边聊了很长时间。虽然发生了悲伤的事情，那天的天气却特别好，天空蓝得透明，美得出奇，我对着蓝天自言自语：

“我们可都别死呀。”

孩子们常会恶作剧地咒人去死，我从那以后绝对不再讲那样的话。人不能随便去死，不管发生什么，只要有一线希望就应紧紧抓住，努力地活下去。我们放声恸哭，直至泪水流尽，相互约定要活得长久些，把那女孩失去的岁月都补回来。

从那天以后，我的身上发生了某种变化，会为日常的些微小事而喜悦微笑，也会因同学间的龃龉而情绪低落，所有这些感情和体验无不可以还原为音乐。人生体验越是丰富，演奏者指间的音色就越是五彩缤纷，越能拨动人们的心弦，深入心间倾诉。

难以忍受的悲痛记忆，包括那些劳骨伤筋的苦难经历，都可被吸收进自己的体内作为演奏所需的养分。当我投入全副身心演奏，把因她的早夭而致的万念俱空感注入每个音符，这或许能成为对故人一种最好的追善回向[1]。通过在河边的一番谈话，我下定这样的决心。

1　回向：佛教用语，指把自己所修功德、善行、智慧之类回转归向法界众生共享。

第二章　走向世界

“来俄罗斯留学吗？”

2012年10月28日，我在东京歌剧城的日本音乐大赛钢琴组中出场演奏了拉赫玛尼诺夫的《第三钢琴协奏曲》并取得第一名，迎来了我人生的一大转机。

取得决赛资格后又逢校内管弦乐队的正式演出，每天忙得不亦乐乎。正如上一章所述，我骗老师说自己将在决赛中弹奏肖邦，其实已选定拉赫玛尼诺夫，结果不得不在短短的两周时间里学会《第三钢琴协奏曲》。

另外，我已决定在11月初的桐朋学园校庆活动上出演音乐剧《Me and My Girl》，偏偏又是演主角，不仅要在主会场上唱歌，还有一百二十段台词。若为自己的将来考虑，似乎应该从校庆活动抽身，集中精力于大赛，然而我不想放弃任何一方。不愿把自己的成功建立在轻慢和牺牲伙伴关系的基础上，这也就是我在姜忠模先生面前弹不出拉赫玛尼诺夫的原因。

我减少了睡眠时间忙于多头应付，这时又受到了上天的残酷考验，音乐大赛决赛的三天前，我遭遇了交通事故。那天为了排练音乐剧，我早早起床骑自行车去学校，一辆形似“哈雷”的大型摩托车突然右转，把我连车带人撞倒，白色灯光照亮我眼前的那一瞬间，绝望闪过我的脑海：

“啊，我的日本音乐大赛泡汤了……”

我的整个右半身受到强烈冲击，右手腕痛得无法按琴键，只好单用左手练习拉赫玛尼诺夫。

然而奇怪的是，到了决赛的当日，右手的疼痛霍然而愈，奇迹发生了。我神清气爽，只觉此后将一路顺风，从压力和紧张中完全重获自由，将全部身心投入眼前的演奏中。我因遭遇事故，得以在舞台上充分发挥自己潜在的超能力，体验了一把绝处逢生的大反转。

幸运的是，借着日本音乐大赛第一名的头衔，我获得了师从海外音乐家的机会，进入莫斯科柴可夫斯基音乐学院[1]的米哈伊·沃斯克列辛斯基先生门下学习。（先生是1935年生人，是俄罗斯的大师级演奏家，也是首届肖赛

1 为纪念柴可夫斯基而命名的世界顶尖音乐学院之一，国内简称其为“柴院”。

冠军列夫·奥博林的爱徒。他不仅与伟大的演奏家多有交流，深得作曲家的信赖，亦是肖斯塔科维奇钢琴协奏曲的首演者）。

获奖后的2013年4月，我以特招生的身份入学桐朋学园大学音乐系，开学不久后的6月12日，我遇到了沃斯克列辛斯基先生。

那天课后，沃斯克列辛斯基先生来到后台找到我，问：

“愿意和我一起去俄罗斯吗？”

获得了日本大赛的冠军，接下来我想走向世界。我已做了该做的事，取得了想要的东西，如果甘守日本第一的称号，将成为井底之蛙，在大海的风浪面前不堪一击。我要把现在的自己暂且归零，跃入另一片陌生的土地。奔向世界，此其时也！日本第一的下一步就是世界。我立即应道：“Yes！”

入住“柴院”的旧宿舍

“等到了二十岁，大学二年级左右就可以去留学了。”正当我心中隐约萌生出这样的念头，也就是高中毕业的两个月后，便收到了这样的邀请，真是要过河时来了船。

获得日本音乐大赛第一之后虽得到了几份演出的邀约，但还是留学要紧。我马上从日本的大学办了退学，紧紧抓牢了留学莫斯科的机会。6月12日受邀，两个半月后的9月2日，我便到了俄罗斯，而前一天9月1日正好是我的19岁生日。

“生日快乐！听说你要去莫斯科留学？加油呀！”

很多同学给我发信祝贺，我在成田机场一边忙着回信，一边登上了飞机。当时去“柴院”的入学资格尚未确定，所以我还没有留学生签证。母亲顺便带我旅游，待我入学考试结束后我们立即回国。又等了两周，我正式取得入学资格，作为享受奖学金待遇的留学生，我可以住进宿舍。于是，我又独自飞往莫斯科。

柴院的学生宿舍规模很大，好像可以容纳一千来人。一楼是一排男女合住的房间，很多夫妻、情侣住在一起，二楼三楼住女生，四楼五楼住男生。这座五层宿舍的走廊有两条百米跑道的长度，屋里放了双层床和单人床，两三人合住一间，居住空间狭窄，双手张开就可碰到两边的墙壁。国立大学仍用如此陈旧的宿舍，在全世界大概也是鲜见的。宿舍虽简陋不便，却住过肖邦大赛的首位亚洲冠军、1980年夺冠的越南人邓泰山，还有好多传奇人物。宿舍至今保留着当年的模样，也是一种魅力，可谓是满载着音乐家和钢琴家历史与传统的一处“名胜”。

在俄罗斯的第一餐是葵花籽

住进宿舍时我几乎没带行李，身上只有一点现金，没有信用卡，俄语一句不懂，饥肠辘辘时不知有谁会为自己做饭，真是一筹莫展。

我看的旅游指南书上建议不要饮用俄罗斯的自来水，因为水质太硬，直接饮用后石灰质会在体内积蓄，引发尿路结石。我不敢对着水龙头喝水，又不会去买瓶装水，到了莫斯科后两天没喝水，不吃不喝地挺到第三天，不免已是瘦弱无力。

到了走廊一看，旁边房间正好出来一个日本人，是桐朋学园长我八岁的学长，我们曾一起参加过比赛，所以我还记得他的样子。

“学长，对不起，我是桐朋学园的反田，刚到这里，现在又饥又渴，不知如何是好。”

“啊，你受苦了。今晚一起去吃饭吧。”

说这话时是上午十点。

“不行不行，学长，我实在等不到晚上了！”

“知道了。你稍等，我马上拿点东西过来。”

过了一会，学长从自己的房间出来：

“抱歉，我屋里现在只有这个了。”

他说着把瓶装水和葵花籽给了我。葵花籽是俄罗斯人常吃的东西，一般是用平底锅焙至外壳稍稍鼓起后再吃，我却不懂这些，直接就生吃了。由于处于饥饿状态，觉得就像下酒菜像坚果一样可口。我的俄罗斯生活就以凉水和葵花籽拉开了帷幕。

能在麦当劳点汉堡就算自立

室友数周后才来，在这之前我第一次体验了一个人的宿舍生活。我不会买东西，在莫斯科用英语完全无法沟通，连一句“Water”都没人听得懂。

我虽对俄语一窍不通，事先却背熟了“1”至“9”的说法。我说“我要3和8的汉堡”，服务员给我的不是3号和8号汉堡，而是11个同样的汉堡，而且规定不能带走，必须在店里吃。我忍不住用日语发火了：

“你看看我这样子，一个人怎么也吃不掉11个汉堡呀！”

当时我的体格瘦小，常被误认作小学生或初中生。

我也不好意思全部退掉，结果买下三个，比预定多了一个，退掉八个。

那天很冷，我想喝点热的红茶之类，便说“Tea

please”。对方好像是问我要什么颜色的，我不会用俄语说颜色，正在手足无措之际，对方端出了白开水，收了我一百日元。三个汉堡和一杯白开水成了我在俄罗斯的第一次麦当劳体验。刚踏上海外一步，难不成就如此语言不通？我觉得自己若能独自在麦当劳买东西吃，就算能独立生活了。

我到莫斯科三周后来了一位姓郑的韩国室友。郑君在韩国时曾在滑稽艺人训练班待过一年，特别善于模仿，因会模仿大学老师而在班上颇受欢迎。

我问他为何来俄罗斯，他毫不避讳地直言是为了到国立大学来混个履历。他钢琴弹得不咋样，但毕竟是个有趣的家伙。听说他比我早一年来俄罗斯学习，会说俄语，我便十分依赖他，诸如该投多少硬币才能让洗衣机转动，在食堂应该如何订餐等，与他同居一室期间得到他种种指教。不过郑君留给我的记忆不仅仅是这些，老家给他寄来的泡菜实在让我受不了，地道的韩式泡菜气味浓烈而很难消散。至今只要看到泡菜，我就想起满屋的泡菜味儿和郑君的面孔。

冷水淋头的宿舍生活

我因宿舍的卫生间没有坐便器而感不适，还常受断水的困扰，若只停半天倒也能忍，可是宿舍所在的整个街区动辄断水一周，餐具没法洗，厕所也没法冲。

住宿生在断水期间自然就有一周时间不能洗澡，想洗澡时只好拿着一个五至十升容积的大罐子到外面接水来，然后用冷水将就着洗洗头发和身子。

不知是因为电力不足还是锅炉的毛病，一到冬天热水就很难出来。刚来莫斯科的那个冬天，某日我在宿舍地下室的澡堂洗澡时，似乎听到远处传来“哇”的一声叫喊，正以为有人要在澡堂里高歌，突然间一股冷水迎头浇下，自己也“哇”地叫出声来。

澡堂龙头的水流总是如瀑布般猛烈，夏天没有热水也无所谓，我们便常坐在地上冲澡，开玩笑说是在“瀑布修行”。

“今天有热水了。”“刚才好像一直有热水的。”一听到这种消息，大家连忙奔向浴室，满怀希望洗个热水澡。可出来的却往往是冷水，心底不免失落，于是有幸等到热水时便久久泡在浴室里不肯出来。

俄罗斯的自来水是硬水而非软水，所以住进宿舍后发质变得干硬，还有人觉得自己皮肤的状态也在恶化，对此敏感的女生便买软质的汽水来洗脸。

三个月后莫斯科进入了真正的寒冬。房间的窗子是坏的，摄氏零下的寒风飕飕地透过缝隙吹进屋内，暖气似乎也出了故障，半死不活的，把人冻得早晨不想出被窝。

入学时听说教学区在宿舍的正后方，徒步三分钟便可走到，其实挺远的，起码要走半个小时。在零下15至20度的条件下走半个小时相当辛苦，路灯又很少，一片暗黑中映入眼帘的唯有皑皑白雪。

零下10度时眼皮上就会开始结霜，到了零下15度，上下眼皮便会被冻得黏在一起；待到零下20度，人会有种刚从浴室出来似的晕乎乎、飘飘然的错觉，想要马上睡觉；零下25至30度时，即使套上两三层优衣库的“极暖”或“超极暖”级的保暖内衣也还是冷，此时会有生命面临危险的感觉。在严寒的环境中，苹果手机开机后电池只能维持30秒钟，随后立即归零。

即使为了补充热量而想吃些巧克力，可是巧克力在零下15度下也冻得硬邦邦的，完全不能融化，吃点零食也是件辛苦的事。

早晨若不小心睡到10至11点，睁眼时太阳已经不见影子，常连续一个星期晒不到阳光，每天生活在晦暗和灰色之中。我切身地理解了，正是如此严苛的自然环境使俄罗斯的音乐家写下了那样充溢着哀愁的乐曲。

语言障碍、艰苦的寄宿生活、艰深的课业加上令人畏惧的考试，不仅是日本人，许多来自世界各地的留学生都扛不下来，中途退学。

刀尖上的日子

“柴院”周围的治安环境实在令人不敢恭维，听说有学长在上课途中突然被手枪顶着，护照、钱包全被抢走。

我曾在走下宿舍楼梯准备出去吃饭时被一个陌生人叫住，接着便被一把电影《阿拉丁》中强盗所持的那种刃长40厘米的弯刀抵住脖子，一幅稍有闪失即将人头落地的情景。

“没钱花了，把你的钱给我。”

赤裸裸的恐吓。在利刃相逼下胶着状态维持了两三分钟。

“喂，等一下，我是学生，没什么钱。”

我尽量沉着应对，趁着对方放松警惕，终于伺机逃脱，或许是因为当时地处宿舍范围，我判断只要拖延时间就会有警察过来。不管怎么说，那应该是我人生中最危险的瞬间了。

出租车宰客也很严重，街上常见不打表的黑车，明明只跑了一百米，却开口要三万卢布。[1]

“诶？这也贵得太离谱了吧。”

“不是不是，这里写着价钱呢。”

我一看司机指着的价目表，真的写着三万卢布。我实在拿不出这笔钱，扔下两千卢布后用百米冲刺的速度夺门而逃。司机叫喊着追到宿舍，幸而宿舍有保安，我因而得救。

扒手无处不在，遇上持刀恐吓勒索也不意外，所以我每天来往于宿舍和校园的途中，总是左顾右盼、提心吊胆。

有一次在宿舍里听到爆炸声，我和室友都以为是在放烟花，兴奋地大叫着冲过去打开窗子，却听到某处传来惨叫。原来不是放烟花，而是枪声。

---

1 约合两千多元人民币。

超斯巴达式的俄语和钢琴课

进了“柴院”后，并非立即开始全音乐教学，不懂俄语的外国籍学生首先必须在预科学习俄语，这门课程严苛得令人生畏。

俄语用的是西里尔字母（9世纪发明的一种希腊文字），相当于英语D的俄语字母写作Д，网络“颜文字”经常用它；而相当于英语小写d的俄语字母是д，形状有微妙的差异，令人惊异的是这个俄语字母的手写体又与英语的g非常相像。俄语中同一个字母分为形状各异的印刷体、手写体和哥特体（花体）三种，仅仅把西里尔字母全部记熟就能让人发疯。

每周上课四次，每次四小时，而且布置海量的作业，需要解读四至五页A4规格纸面上用小字显示的俄罗斯短篇小说或文章，有时多达十页纸。单要记住俄语单词就很费劲，何况还得把文章全部背熟，布置作业的第二天还会有以背熟整篇文章为前提的课堂讨论。为了跟上课程，我每天须花六个小时学习俄语。

在预科学习俄语的同时，钢琴课也在照样进行，最初三个月用英语上，然后便转为使用俄语教学。

柴院的音乐教育与日本方式迥异，也许是因为教师都出身于苏联，教学内容和方式都超生硬，把超高难度作品作为教学内容已是家常便饭，老师一声“下周就弹这个曲子”，我们就得用一周的时间反复读谱和练习，然后在不看谱的状态下演奏出来。

老师选的曲目尽是些生涩的东西，一般应该要练上三个月，但这里不成文的规矩却是连续两周反复弹同一首曲子，于是那些艰涩的曲目也就被我们一首首地啃下来了。这完全是一种斯巴达式的教育。

宿舍区虽有琴房，但破旧不堪，很多键都发不出响声。琴键本应非黑即白，可有的琴键表面涂层剥落殆尽，变成了茶褐色，键盘的木头起了毛刺，甚至会把弹奏者的手指戳伤流血。有的琴身还带着明显的枪击痕迹，也不知究竟有过怎样的经历。

琴房只有这一处，我们也只好忍耐着用这破琴练习。琴不够用，同学们便你争我夺。一年的学费相当于150万日元[1]，

1 约合七万人民币。

真不知这些钱被用到了哪里。

一年预科期间的俄语课作业满满当当，于是我只好见缝插针或牺牲睡眠时间奋力练琴。为了改善这种状况，最好的办法就是尽早通过语言关，不必再把时间无谓地花在作业上而可专心练琴。

我于是在头一年间奋力学习俄语，第二年就基本会说了。若以英语“托业”考试比拟，相当于三级或准二级水平，可以通过预科升本科的语言考试了，在短短的一年间习得了初中三年级或高中一年级水平的俄语。

为了升入本科，头等大事就是专业能力考试，我在学习语言的一年间用有限的时间拼命练琴，结果在满分100分的考试中取得96分，受到学校秘书处负责人表扬：“历史最高分，更新了韩国林氏兄弟的纪录。”韩国的林东赫和林东闽兄弟在2005年肖邦国际钢琴比赛中获得并列第三名的好成绩，他们所得的95分曾是学校本科升学考试的最高分，能打破他们的历史纪录我很开心。

舒曼与李斯特的《奉献》

在莫斯科留学的第一年里我曾遭遇种族歧视。在欧洲，能操英语和意大利语、法语等两三种语言的人比比皆是，总体来说他们学语言都能较快上手，因此很快掌握俄语也不在话下。

看我学俄语学得千辛万苦，老师狠狠地挖苦我说：

“还是欧洲人厉害，亚洲人总是学得慢，会话和发音都不行，不过要是能有羽生那样的学生就好了。”

看来俄罗斯人唯对花样滑冰选手羽生结弦君高看一眼，跟那样的超级明星相比，我就无地自容了。

我所受的另一冲击是去图书馆学习时被拦下：“中学生不可入内。”19岁的我当时还没长胡子，人又瘦小，不像现在这样体重猛增。看上去比实际年龄小，这是没办法的事，但也不至于是中学生吧。我出示了校园卡，图书馆员还表示不信。我的面孔在俄罗斯人眼里太年轻了。

“毕竟那家伙是低一等的亚洲人。”——这些歧视很快就被我用钢琴一举击溃。

我在演奏考核中，以学科成绩第一的身份正式入学柴院，并在一场只有成绩优秀者可以登台的演出中，被选中担纲压轴演奏。

有人调侃道：“听说反田只是稍微有点基础，怎么会叫他最后上场？”有人则不怀好意地说：“其他学生因加课而来不了，他碰巧得了机会。”我决定在音乐会上演奏舒伯特的《即兴曲》，再加上李斯特改编自舒曼的《奉献》。

我以前没弹过《奉献》。当时自己虽然有电脑，但没有打印机。街上只有一家乐谱店，而我又买不起乐谱，于是在笔记本上一根根地画五线谱，再手写记入音符。演奏三至五分钟的曲子需花五天时间抄谱。

我不辞辛苦地抄谱，一面想象着舒曼创作歌曲《奉献》时的心情，以及李斯特将其改编成钢琴曲时的动机。俄语老师觉得我反正不会弹出什么了不起的东西来，便中途退场。我一心要以一曲完美的《奉献》让老师们刮目相看。或许是被我的演奏打动，那天有许多老师听得眼泪汪汪。

演奏结束后，很多观众和老师围了过来，我瞬间满心欢喜。

“我们愿意为你加课，加多少都行。”

以那天为界，老师们的态度截然不同了。

串起“地上的星座”

在莫斯科留学的最大问题是必须自己挣学费，每年一百五十万日元，六年要缴九百万日元，虽有奖学金，但只能维持两年时间。考虑到奖学金断档的情况，就必须每年回日本开音乐会挣钱，但那样又会陷入课时不足的窘境。

在日本和俄罗斯之间穿梭往来的生活加速了我与各种人的相遇，人与人之间的相识相知，连接成网络，仿佛地上的星座。我的“星座图”上的珠子越串越多。

在1990年肖邦国际钢琴比赛中获得第五名的高桥多佳子，曾被横滨FM电台邀请客串主持。高木Clavia株式会社的高木裕社长向她打听有趣的年轻钢琴家。

高桥曾因日本音乐大赛而关注我，便推荐了我和另一位钢琴家A氏，并当场打了电话。A氏因来电号码陌生而没接这个电话，我却接了。

“我是高桥多佳子。”

“您好。我是反田恭平。”

“高木Clavia的社长想跟你说话，我马上把电话给他好吗？”

“你好。我是高木，我们公司有不错的钢琴，你明天能来吗？”

“好的，我过去。”

高木Clavia买下了弗拉基米尔·霍洛维茨这位传说中的钢琴家用过的钢琴。职业钢琴家使用的钢琴通常的市场价是两千万日元一台，美国比弗利山庄有一台霍洛维茨的斯坦威钢琴，属于时价数亿日元的古董，高木社长把它买下后带到日本来，现在说要让我弹弹看。

若听说可以用夏目漱石或三岛由纪夫用过的笔写稿子，任何作家都会心动吧。我一心想要摸一摸霍洛维茨的斯坦威，只是这台钢琴的键盘比其他钢琴轻，而且毕竟是一百年前的钢琴了，打个比方说，就像F1车手开的车子一样难以驾驭。

翌日我立即去了高木Clavia，试着弹了这琴。高木社长听了便说：“反田也许能用好这架琴。”于是我便有幸成了霍洛维茨的钢琴的使用者，我的第一张专辑《Live！》便是用它录制的。

高木社长像对待亲儿子一样为我认真考虑，他的公司也经营咖啡馆，他让我肚子饿了随时过去，每次去他的咖啡馆我都享受着免费的款待。不仅如此，我当时是一个不属于任何事务所的独立钢琴家，因此连演出费之类都得自己出面交涉，高木社长看不下去，便替我在他公司开了个经纪人窗口。2014年6月19日，我被邀参加高木Clavia主办的每年一度的音乐会，获得在观众面前演奏的机会。2015年3月，高木Clavia发布消息宣布我的第一张专辑以“独立制作”的形式发行。高木社长对我的关照难以计量，我借此机会表示深深的谢忱。

挑战意大利的国际钢琴大赛

莫斯科留学一年半后的2015年5月，我决定去意大利的坎图国际钢琴比赛试试。这个比赛规模虽然不算太大，但因为能弹钢琴协奏曲，所以对年轻音乐家来说是一个难得的试试身手的机会。虽离报名截止时间已经很近，但还能赶得上，于是我决定参加看看。“萨莉亚[1]的米兰风味多利亚饭[2]很好吃，我要去尝尝正宗的米兰风味多利亚饭。”这是我参赛的另一层隐秘的动机。

我乘红眼航班到达米兰机场，货币兑换处没有开门，我当时身上只有俄罗斯卢布，又没有信用卡，于是绝望地

1　萨莉亚：日本的连锁意式家庭餐厅，在中国也有许多门店，以性价比高著称。

2　多利亚饭（Doria）：鱼贝鸡米饭。烩肉饭上浇以加入含鱼贝、蘑菇的白色酱汁后在烤箱中烤制而成。

想到自己大概寸步难行了，只好朝着排队等出租车的人群张望，看看有没有日本人。结果只看到一个人拿着红色的日本护照，便不抱希望地央求道："对不起，我没有钱，您能把我带到米兰市中心去吗？"那人立刻答应，说自己正好也去米兰市中心，便让我一起上了车。

我手边没有现金，却又必须在米兰对付着过一夜。我没有预订米兰的酒店，一切都是走一步算一步。我在"缤客"上找到空房，对前台的服务员说今天住一晚，明天到银行换了钱再结账。

次日我还得从米兰北上，到临近与瑞士的国境线的小城坎图。酒店的服务员热心地告诉我应该乘什么电气列车，可是我上车后发现这车怎么看也是朝南开的，而我本应往北去。偏偏这时苹果手机又没电了，而我的充电器落在莫斯科忘带了。

我只好返回米兰，在家电商店找到了苹果专柜，才算买到了充电器。待到稳稳当当地上了去坎图的列车，车上又没有可插充电器的插孔，手机无法充电。于是，我就在无法获取任何信息的情况下总算到了坎图站。这是个位于乡下的小站，距离比赛的会场还很远。

乡下的意大利人非常和善，我向他们打听如何去目的地，被他们带到了书店。我以为比赛的报名处就在这里，谁知他们叫我买了一本地图，并在地图上标示出我该走的路。

我是一个重度的路盲，只好拖着二十多公斤的旅行箱，唱着《Stand by Me》[1]为自己打气，步履蹒跚地朝着目的地前进。报名截止时间是下午两点，而我到达报名处时已是下午六点。

“抱歉，我因迷路迟到了。”

我刚道歉，工作人员就说：

“打你电话也没人接，以为你不来了呢。来了就好。”

我报上了名，这趟一波三折的旅程总算没白跑。

1 《Stand by Me》（伴我同行）：同名美国青春片中的主题歌。

60万奖金“得而复失”

为了省旅费，参赛的学生一族好像都是找一家民宿来住。我则无甚计划，被安排在了一家有空房的酒店住下，这里的大堂和客房都铺着大理石地砖，两层楼的建筑，房间大得离奇。

“一个人能住这么大的房间吗？国际大赛的财力可真雄厚呀！”我为此惊异。房间里还放着品客薯片和酒，提供的客房餐质量也不错。

我在米兰的银行取了十万日元等值的欧元，本打算用这些钱过两个星期，却又生出冒险的勇气，生平第一次玩起了老虎机。我不懂二十一点之类的扑克玩法，也不谙老虎机一些独特的规矩和门道，独自坐在投币孔前，准备了一百欧元权且作为本金。

坐定后的三分钟里我鸿运当头，硬币掉个不停，我

“哇”地叫出声来，不到五分钟的时间就滚出来一千欧元，本钱增值十倍。我惊异于老虎机的厉害，赶紧把硬币收起时，身后有人拍了拍我肩膀说：“走开，这台机子是我的。”

如今想想，那不过是找茬儿而已，想必是见一个东亚人独自在玩，便觉得稍微吓唬一下就能使他退让。

“是吗？不知道是你的机子，抱歉，抱歉。”

说着，我把能收的硬币都拿了后让出了老虎机。

我没有再迷恋于老虎机，很快就从这种博彩游戏中脱身，这是件幸事。

我参加了第一轮预赛，比赛水平之高令我生畏。我对“2015年是音乐赛事的大年”这一说法本无认知，俄罗斯莫斯科的柴可夫斯基国际钢琴比赛和比利时布鲁塞尔的伊丽莎白女王音乐比赛四年举办一次，波兰华沙的肖邦国际钢琴比赛五年举办一次，2015年是世界三大比赛全都举行的“大年”。当然，其他一些比赛水平也很高。

“现在可不是玩老虎机和享受意式料理的时候！”

回到酒店的大房间后我的头脑恢复了清醒，被一种危机感驱使，开始疯狂练琴，以迎接第二轮及之后的比赛。最后我如愿获得了冠军，将六十万日元奖金收入囊中。

获胜后我便志得意满地去酒店结账，被告知要付六千欧元。我起先以为折合六万日元，谁知是六十万日元。酒店房费一夜三万多日元，每天享受的客房餐我本以为是免费的，其实全都收费。冠军奖金六十万日元顿时“得而复失”，除了奖状，我又两手空空。我人生中的初次国际比赛就是这么如此颠三倒四、跌跌撞撞。

奖金虽一分没剩，我却因参加比赛而结识了很多音乐家朋友，并有机会被位于意大利与瑞士国境线上的科莫湖附近的歌剧院邀请，参加了Gala[1]的演出。这也是我的收获，意大利小提琴大师帕格尼尼曾在这个剧场演奏。登上家喻户晓的大演奏家曾经献技的舞台，我使出浑身解数完成了演奏。通过这次“有勇无谋”的意大利之行，我切实地感到自己积累了成为一名音乐家所需的经验，拓展了自己的视野。

1 Gala通常用于指众多艺人合作的音乐演出，演出阵容和节目类型都更为丰富。

任何时候都不可偷工减料

我的“地上的星座图”上的珠子越串越多，前面提到的高木社长不仅热心安排音乐会，还多次在高木Clavia位于松涛[1]的小型沙龙等场合为我安排演出，并多次请演艺公司的人来听我的演奏。年轻气盛的我并未意识到这种演艺界人士在场的机会要好好表现，因此没产生什么如履薄冰的心情，反而发挥出了自己的最佳状态。想不到在某次沙龙的演出结束后，一个人上前提出要为我发行首张唱片。对方是著名的哥伦比亚唱片公司的制作人，特地前来听了我的演奏。得到这样的大唱片公司的垂青，让我喜出望外。

“我想尽快发行专辑，拜托了。”

1　松涛：东京都涩谷地区的高档住宅区。

于是事情进展顺利，2015年7月，我的“首专”《李斯特》发行，我正式出道，成为哥伦比亚旗下的艺术家。半年后的2016年1月23日，我在古典音乐界的“圣地”三得利音乐厅开了自己的首场独奏音乐会，当场座无虚席。

“不管在哪里演奏，也不管是谁来听，不管是多小的音乐会或是两千人大剧场的演出，都绝对不可掉以轻心。”

这就是我一直以来的座右铭。

2014年6月，我参加了东京都调布市举办的调布国际音乐节，市民和听众在参加活动时是可以吃东西的，一些小的咖啡馆被用作来客们的休憩场所，活动主办者希望我在那里做半小时的免费演奏。

当时我还在莫斯科留学，于是一个劲地弹奏俄罗斯音乐家的作品。演奏结束后，一位高中时代的学长告诉我：“今天有交响乐团的人来听了。”我当时还莫名其妙，没想到是东京爱乐乐团的宣传部长碰巧来听了这场免费的迷你音乐会。

“你的演奏给我留下的印象很深，我非常希望你能参加我们的演出。”

借这次相遇之缘，我接到了东京爱乐乐团定期演奏会的邀请。对于管弦乐团来说，定期演奏会是最为重要的活动，对于初出茅庐的年轻钢琴家来说，这个每年一度与管弦乐团合作演出的机会更是令人感激涕零，接受这份邀请时的兴奋令我难以忘怀。

在我开心地接受演奏邀请时，又听说指挥是由意大利的安德烈·巴蒂斯托尼先生担任，凑巧的是，他和我一样都属于日本哥伦比亚公司的签约艺术家，于是公司提出：

“提前打个招呼，我们想为这次定期演奏会的实况录一张唱片，你俩都是我们的签约艺术家，所以不会有任何问题。”

于是公司在2015年9月11日为定期演奏会进行了现场录音。

“这点内容制成一张CD嫌太短，还得加进其他内容。”

于是我和安德烈·巴蒂斯托尼一起赶赴意大利，与意大利RAI国立交响乐团于2016年7月7日合作演出，做了现场录音，并于2016年11月23日发行了音乐会实况唱片《拉赫玛尼诺夫第二钢琴协奏曲／帕格尼尼主题狂想曲》。

另外，我还于2015年12月与俄罗斯顶级的马林斯基剧院管弦乐团合作，次年1月在“柴院”大音乐厅演奏。这类大舞台上的经验积累，令我深感自己作为音乐人的视野在迅速地拓宽。

伴随着一连串演出活动的开展，我小时候曾多次去参加过录制的《无题音乐会》节目组介绍TBS电视台的《情热大陆》栏目对我进行了跟踪采访。2016年10月2日节目播出后的反响超出想象，我个人社交媒体的粉丝数迅速成倍增长。

就这样，“反田恭平”这个名号在那些原本一点也不了解我的观众中间传播开来，逐渐成了一个大家耳熟的名字。我的演奏会和音乐会的门票也都好卖了，这是最值得庆幸的。之后我又被邀请在《情热大陆》节目做了两三次演奏，我与最初发掘我的那位哥伦比亚公司的制作人至今保持着密切交往。

我想告诉年轻一辈的是：

“不知何人何时说过：记住，机会就在你的眼前。”

只有三十个座位的免费沙龙音乐会，你并不知道观众席上坐着谁，若带着哪怕一点点“这种小场面，随便应付一下就好了”的懈怠情绪，就可能失去重要的机会。哪怕是在嘈杂的咖啡馆里演奏，哪怕观众听你演奏时漫不经心，还一边刷手机，你都不可偷工减料。只要有一人觉得心灵受到你的演奏感染，你的琴声便有了意义。而观众若感觉听到的是一种“划水”的演奏，应该就不会来听第二次了。无论何时何地，你都必须在演奏中投入自己的全部身心，这就是所谓的“不可偷工减料”，唯有保持一种耿直、真挚的姿态，才不会与人生的机会失之交臂。

与“柴院”的诀别

我从2013年9月到莫斯科，在那里待了三年半时间。外国人必须经过一年的预科俄语学习，再升入本科学习五年才可以大学毕业。在莫斯科待了三年半之后，我已看不出在这里待满六年还有什么意义。原因是自己对这里的环境已经过于熟悉，于是我决定从柴可夫斯基音乐学院退学。

“我太渺小了，对世界还一无所知。”我对人这样解释。

大学的教学内容虽然非常高难度，于我倒是一种享受式的学习，可现实逼着我总在为经济问题担忧，压力实在太大。为了继续作为一个音乐人开展各类活动而攒钱，固然无可厚非并且十分重要，但若一直过着把钱放在首位考虑的日子，则将沦为一个没有灵魂的商业型演奏家。

在观众席上不难立即分辨出那些以金钱为目的的演奏者。不用指名道姓，指挥家和演奏者中都有那种“看场合下菜碟”的人。看见这样的前辈，我心底总会产生一种幻灭感：

“这样的演奏绝对不好，我不想成为那样的钢琴家。每次演出我都应用一种以命相搏的努力和“一期一会”的意识拼尽全力，否则怎能对得起那些自掏腰包买票并挤出宝贵时间来现场的观众？”

我希望成为那种让人“一听倾心”的音乐家，报酬之类无妨放在其次或再其次。为了回归做音乐家的初心，我觉得自己不该再在莫斯科继续待下去了。

柴院的米哈伊·沃斯克列辛斯基先生强烈地劝阻我退学，并答应设法解决我课时不足等校方提出的问题。先生给了我许多帮助和指导，我对他绝无任何怨言，于是最后发了一信给他：

“谢谢先生，但还是请您放弃对我的帮助，让我自由吧。再次感谢您邀我来莫斯科。”

再三考虑之下，我做了这个重大决断。

第三章　改变我人生的“肖赛”

前往波兰华沙音乐学院

从莫斯科柴可夫斯基音乐学院退学后，我又在俄罗斯待了半年，考虑下一步该去哪里。

正如前述，我之所以决定去莫斯科留学，是因为得到了米哈伊·沃斯克列辛斯基先生的青睐，原先除了莫斯科以外，我的头脑中还有过几个留学的候选地，包括华沙（波兰）、维也纳乃至萨尔茨堡（奥地利），以及纽约的茱莉亚音乐学院。

结束了在莫斯科的学习，现在应该去华沙还是奥地利，抑或是选择茱莉亚音乐学院？

初中时代我模模糊糊有过参加肖赛的念头，如今要想参加肖赛，自己还须等上三年时间，下次机会是在2020年。认定了2020年，我便想静下心来在肖邦的祖国波兰学习音乐，于是决定进华沙国立肖邦音乐学院学习。

我在日本时就想过总有一天要去华沙学习，只不过从“柴院”退学使这个日子提前了三年而已。

若去波兰留学，我希望能师从华沙音乐学院的彼得·帕莱齐内[1]，帕莱齐内先生曾指导克里斯蒂安·齐默尔曼[2]，是一位我所憧憬的音乐家。我拼命寻找可以与他接触的线索却又始终无果，唯一的联系方式就是他的社交媒体账号。

虽然深知失礼，但也只能通过社交网络联系。我发去了信息:“我在学习指挥，也弹过钢琴奏鸣曲，希望先生能收我到您的门下。”并附上了自己的履历，还把自己录制在YouTube私人网页上的演奏和指挥钢琴协奏曲的视频转发给了先生。

于是很快就得到了回复:“请先来一趟。”我立即订购机票飞往华沙。就这样，我确定成为彼得·帕莱齐内的学生，从2017年10月开始在华沙生活。

要想赢得肖邦大赛，必须准备一笔足够自己沉下心来学习的“粮草”。我在2017年2月14日情人节这天正式从俄罗斯回国，和“柴院”一样，海外的大学与日本大学的

1　彼得·帕莱齐内（1946—　）：波兰钢琴家，1970年获肖赛第三名。
2　克里斯蒂安·齐默尔曼（1956—　）：波兰钢琴家，1975年19岁时获肖赛冠军。

学期都错开了半年[1]，波兰那边开学是八个月后的2017年10月，在那之前我集中精力接商业演出，积攒在华沙所需的学费和生活费。

我希望自己在华沙继续精进琴艺，从而成为一个够格的音乐家，希望能感受着肖邦的气息，一步一个脚印地攀登通往肖邦大赛的阶梯。

1 日本的学校每年从4月开始新学年。

“肖赛”与我

我是12岁时对肖邦国际钢琴比赛产生兴趣的，当时看了母亲翻录的NHK的综艺节目，初次得知有一个被称为“肖赛”的大型国际比赛，那时一心想当职业足球运动员的我产生了兴趣：“嘿，钢琴界居然也有像世界杯和奥运会那么厉害的大赛？”

当时看到的综艺节目是2005年的肖邦国际钢琴比赛特集，关本昌平和山本贵志在那届比赛中取得第四名的好成绩。他俩都在桐朋学园大学音乐系附属音乐培训班学习，而我当时也即将去桐朋学园的培训班学钢琴，于是亲切感顿增，觉得自己如果从此专心练琴，或许也能登上那个舞台。关本、山本二位的精彩表现，给我增添了勇气。

十年后的2015年，与我十一岁起就相识的小伙伴小林爱实在肖邦大赛登场并一直挺进决赛，演奏钢琴协奏曲，而我当时还默默无闻在莫斯科苦学俄语。远眺小林的佳绩，羡慕之情油然而生，那时我认真地有了也要参加“肖赛”的想法。

小林在“肖赛”取得佳绩的翌年2016年10月，跟踪报道我的那期《情热大陆》播出，我由此而被古典音乐界所知。

我也由此有了这样的念头：如果音乐会的门票因媒体的大量报道而畅销，那我就没有必要再特地参加“肖赛”了。

设想一下参加大赛而惨败的后果，一直为自己捧场的粉丝们或许就会怀疑自己的耳朵有问题：“本以为反田的演奏了不起，其实是自己判断错了吧？”想到自己会被粉丝们如此认为，我就有一种撕心裂肺的痛苦。

来之不易的人气有可能在瞬间失去，参加“肖赛”对我来说是一柄“高风险高回报”的双刃剑。

高风险高回报的挑战

有时会有音乐家因急病或交通事故之类意外而临时缺席音乐会，顶替出场的人常有大获好评、一炮而红的情况，还有人被著名指挥家看中，进入两千人级别音乐厅弹奏钢琴协奏曲。

通过这种方式走红，不用背负失败的包袱，更多是轻松地坐等机遇降临。我能接受这种被动的生存方式吗？我觉得每个人的职业生涯中都会有十年一遇的重大考验，自己应该认真规划，对我来说，这不就是肖赛吗？我开始如此考虑了。

我一方面承受着恐惧心理和焦虑感的困扰，一方面又有种冒险的冲动，觉得“必须豁出命苦练，去赛场上搏一把”。所以直到临近肖赛报名截止日期，我还在举棋不定：“我去参加这次比赛，究竟是对？还是错？”

没有钢铁般的意志，就很难在比赛中发挥100%的实力。若被压力击溃，导致发挥失常，也许就会陷入“这辈子再也不要弹钢琴”的消沉之中。彷徨再三，心弦几断，我终于还是决定参赛，觉得一定要实现“在肖赛决赛中弹奏协奏曲”这一自幼便深藏心底的梦想，同时也意识到：比起因挑战失败而后悔，不战而退会更令自己抱憾终生。

朝着肖赛前进，我在华沙开始了自己新的人生。

尽力去拼，不留遗憾

2018年，我终止了与日本哥伦比亚公司之间的专属契约，希望自己能以个人身份开展活动，这件事后文还会详述。我不是单打独斗，入学华沙音乐学院之后，当年就组成了后来的JNO（Japan National Orchestra）的雏形：MLM双四重奏乐队。最初的规模是八人的弦乐乐队，后来加入了管乐，现在已经发展成了二十人左右规模的管弦乐队。

可以断言，若无乐队的伙伴，我就不会参加肖邦大赛。每次和伙伴们一起开音乐会，我们都能发现彼此水平的提高，伙伴们总说我的进步成了对他们的激励。而对我来说，大伙儿每年的显著进步，对我同样也是一种无上的激励。这发挥了一种理想的相乘效果，我们相互促进着彼此的成长。

发起人和指挥者若无足够的名声，我们的JNO将始终无法登上世界舞台演奏。为了使乐团更上层楼，与伙伴们一起获得更大发展，我就必须更加出名。

若无新冠病毒的肆虐，肖邦大赛预定于2020年10月举行。不巧的是，正好有一项重要的工作邀请闯入了我的日程表：一个世界知名的交响乐团问我愿不愿意跟他们一起演奏钢琴协奏曲。

这是个令人垂涎的邀请，我应该拒绝吗？我如果放弃肖赛而参加这个演出，或许就能赢得指挥的青睐，而大幅扩展自己在欧洲的活动空间。

肖邦大赛有年龄限制，30岁以下者才能报名，对于“奔三”的我来说，这是第一次也是最后一次机会，是选择一生只能参加一次的肖邦大赛，还是选择令人垂涎的演出机会？这个问题让我烦恼了一个月。

如果在大赛中获得好成绩，以后肯定还能得到这个交响乐团的演出邀请。我已故的祖父教导过我：“尽力去做自己想做的事，才能此生无悔。”我不愿到了回顾人生的晚年，为自己不曾挑战肖邦大赛而后悔。尽力去拼肖邦大赛，然后再去争取更多的演出机会，这才是最理想的做法。种种思想斗争的结果是：我决定参加肖邦大赛。

屏蔽杂音

1927年创立的肖邦大赛有近百年的历史。除了在肖邦忌日10月17日休息一天，忌日前后都安排了比赛日程。此次大赛有来自53个国家的502位钢琴选手报名参加。

通过了DVD审查的选手名单在YouTube上直播发布，其中包括我和小林爱实、角野隼斗等。日本的古典音乐爱好者都在盛传我也参加了肖邦大赛的消息。

事到如今，我已义无反顾，若在中途做出弃权之类的事，将被视为懦夫。此后不管还会遇到多大压力，我都唯有尽力克服。

“反田人气已经那么旺了，听说他演奏会的票特别难买。都已经出名了，何必还要参加肖赛?”有人如此否定我的决定，但也有人为我鼓气加油。

比赛因新冠疫情而延期一年，于是从报名到最后决赛便有了两年的时间，在这期间，我尽力屏蔽各种消息，以免不必要的杂音入耳。

自小母亲就用一句口头语教育我："人家是人家。"每当我弹钢琴时想溜出去踢足球，母亲就用这话说我。如今大赛当前，母亲的声音又在耳边响起。

自己现在该如何去做，希望通过钢琴向人们传达什么，应当带着怎样的使命走下去？不管周围的人们说些什么，我只想沿着自己相信的一条道路前进。

经过DVD审查，预选赛在华沙举行（2021年7月12至23日），随着预选赛日期的临近，我整个人被至今未曾有过的复杂感情包围，空虚、悲哀乃至绝望，我几乎要被一种虚无感压垮。

乘出租车去预选赛场的途中，我看着窗外的街景想："再见到这景色时，就是比赛出结果之后了。那时我眼中又会是怎样的世界？"我焦虑起来，甚至有了临阵脱逃的念头，"选择这条道路，果真是正确的吗？"

自己的人生将因这选择而改变——这种难以言喻的孤独是旁人无法体会的。到了赛场一看，很多参赛者都抱着与我相似的复杂感情。种种情绪在会场中翻涌着，那种氛围反倒令我挺起了胸膛，摆脱了先前的虚无感。我顺利地通过了预选赛。502名选手中有87人通过预选，小林爱实、角野隼斗、古海行子等14位日本选手进入第一轮比赛。

大赛的日程非常紧张。

第一轮比赛：10月3—7日。

第二轮比赛：10月9—12日。

第三轮比赛：10月14—16日。

决赛：10月18—20日。

离战斗开始还有不到三周时间，绝对不可失败。敌人不是86位钢琴选手，而是自己心中潜藏的怯懦。“怯懦是最大的敌人。”我把此话铭记在心，朝着茫茫大海驾舟前行。

肖邦国际钢琴比赛

International Chopin Piano Competition

第一轮比赛

First Round

夜曲第17首　B大调　Op.62−1

Nokturn H-dur op.62 nr 1

练习曲集第1首　C大调　Op.10−1

Etiuda C-dur op.10 nr 1

练习曲集第10首　b小调　Op.25−10

Etiuda h-moll op.25 nr 10

第二谐谑曲　降b小调　Op.31

Scherzo b-moll op.31

第一轮比赛以技取胜

通过DVD审查和预选赛，终于进入第一轮比赛时，我的心情骤然一变。预选赛前我内心还有一种不自信，怀疑自己的选择是否正确；而到第一轮比赛时这种想法已烟消云散，我一心要向人们展示："这就是反田恭平！"准备使出浑身解数，投入比赛。

我斗志昂扬，为自己第一轮比赛的第一曲选了肖邦的夜曲。正如字面所示，夜曲多表现夜幕下涌起的情感，常带着哀愁等丰富的情感底色。适合在不经意的日常中欣赏，品味当时随机涌起的情绪，这正是夜曲的妙趣。肖邦早期、中期的夜曲作品性格各异，既有晦暗悲伤的，也有色彩明朗的，旋律非常优美。到了晚年，肖邦的夜思走向深邃。他对"音乐之父"巴赫非常推崇，在吸收巴赫演奏技法的基础上使其变化，从而形成了新的演奏风格，以接踵而至的灵感创作了技巧和感情表现难度都很高的新夜曲。我之所以在几十首肖邦夜曲作品中选择第17首作品62-1，原因无它，就是想通过诠释这首难度高、表现上无一定之规的曲目，传递出我个人对夜曲的理解。而且此曲是我在俄罗斯学习的第一首曲目，当时教我的米哈伊·沃斯克列辛斯基先生是1935年生人，当时他已80岁高龄，而他的老师又是第一届肖邦大赛的冠军——也因这样的渊源，我选择了此曲。即使比赛从上午十点开始，我也要让评委产生一种“皓月正当空”的幻觉，让他们置身于我营造的肖邦之夜。

第二曲我选的是练习曲10-1。肖邦有27首练习曲，多数比较难弹，其中这首如同花样滑冰“四周跳”的高难度曲目10-1，可达F级难度，其难处在于左手音非常少而右手音异常多，弹出一个个音符的同时手还须在键盘上左右翻飞，弹完后右手乳酸堆积，会感觉酸胀疲惫。

第三曲我继续选用练习曲，这首25-10与前面那首10-1完全不同，手指跨度大，大拇指和小指位置不变，手腕上下活动，弹奏时间达六分钟。因为手指跨度要尽可能大，所以不利于手小的日本人。而我少年时代的负伤经历此时出来帮忙，因手腕骨折而切割了肌腱，所以手指跨度可以比常人更开。

接连选用两首F难度的练习曲，评委可能会想：

“这名选手技巧不错，只是不知对音乐的理解究竟如何。”

如果选用肖邦早期所作的B难度的夜曲，将被视作音乐根底尚浅。这时候就要拼智谋了。特意选用难度高的夜曲，可以更明确地展现自己对肖邦音乐的理解、分析能力和表现力。凭借夜曲展示分析能力，练习曲秀出演奏技巧，我确信这样能在评委心中留下深刻印象。

第一轮比赛最后一首《第二谐谑曲》，并非为评委而是为华沙的听众而选。意大利语Scherzo，即谐谑曲，是一种三拍子的活泼乐曲。这首谐谑曲在肖邦的所有作品中都是极有名的，也因过度有名，每个听众都有自己的先入之见，如何让听众们都能觉得“恰到好处”，是件难事。我想，不如耳目一新，让观众记得这个反田恭平，干脆用自己的方式诠释肖邦的谐谑曲。

前三曲都是冲着“狙击”评委的心而精心挑选的，最后演奏的谐谑曲则是希望赢得华沙听众的心，是为在华沙“涨粉”而选的乐曲。我的策略成功了，我顺利通过了第一轮比赛。

肖邦国际钢琴比赛

International Chopin Piano Competition

第二轮比赛

Second Round

小猫圆舞曲　F大调　Op.34−3

Walc F-dur op.34 nr 3

玛祖卡舞曲　F大调　Op.5

Rondo à la Mazur F-dur op.5

第二叙事曲　F大调　Op.38

Ballada F-dur op.38

平静的行板与华丽的大波兰舞曲　降E大调

Op.22

Andante spianato i

Polonez Es-dur op.22

献给评委的第二轮比赛

从参赛到第一轮比赛，我根据成绩反馈，试着对自己的演奏风格做出调整。肖邦大赛五年一次，每次评委都会换人，比赛的风向和评委的偏好都会随潮流而变。

分析一下便知，2015年的大赛较偏向肖邦为人们所熟知的作品，2010年的大赛选曲则侧重表现肖邦的个性。第一轮比赛结束时，我发现这次比赛不同于2015年而更接近2010年，全都带着一种浓浓的个性气息。

如果只准备一套方案，比赛途中就无法调整策略。除了A方案，我又准备了B方案和C方案，到时用不用另当别论，几套作战方案在手，可以根据现场的判断而随机应变。

我觉得自己应该采用A方案去赢得第二轮比赛，也就是尊重自己的个性，把我在柴院和波兰学得的一套正统的节奏感和抑扬感发挥出来。说是正统，也不能过于传统保守，必须采用一种可以表达自我存在感的演奏方式，告诉人们："这就是反田恭平！"

决定采用A方案后，我准备以几首堪称自己拿手好戏的保留曲目，在第二轮比赛中充分体现叙事性的特点。

接连弹奏三首同一调性的曲目确实风险极大，三支曲子重复F大调，弄不好就会让评委腻味，就像一套法国大餐接连端出鱼、鱼、鱼。

不接连采用同一种鱼料理，在极新鲜的鱼生"卡尔巴乔"[1]后再端出炖鱼和烤鱼，即使同为鱼料理，若能变换风味，仍可让食客不觉腻烦而大快朵颐。我站在评委的立场慎重选取曲目。

音乐会半场时长四十分钟，整场的话，加上中场休息，也就一个半小时；而肖邦大赛有几十人参赛，评委连续几天却要把同一首曲子反反复复听上十遍二十遍。他们也是人，连续听一首乐曲肯定会注意力涣散，审美疲劳。

若是有可供躺靠的沙发倒还罢了，作为赛场的波兰华沙国立爱乐大厅提供的是硬质椅子，连续坐几小时便让人身体发僵。那些高龄评委整天坐在上面听音乐，大概会像得了"经济舱综合征"一样不舒服。

1 卡尔巴乔（Carpaccio）：一种意大利式鱼生料理。

我设身处地考虑着评委的感受，把比赛的每个细节都在脑海里过了一遍。希望自己不仅在演奏本身上表现完美，还要在选曲规划上展现出谋篇布局的智慧，让人听了忽有所感：“哦，这个钢琴家跟别人有一两处不一样，或许他是个人才。”我就是因此而大胆连弹三首F大调的曲子，希望能表现出它们各自的叙事性。

第二轮比赛，我弹的第一首曲子是《小猫圆舞曲》。乐曲开始，非常细致地描写了小猫跳跃的场面，重点是要通过此曲表现猫所特有的柔软和弹性。在肖邦那个时代，养猫养狗之人多半非富即贵，肖邦也为这些人教琴，所以才能以气质不凡的猫为题材写出这样的圆舞曲。

其实《小猫圆舞曲》在肖邦的作品中本不怎样有名，可是有位钢琴家让它突然爆红，他就是俄罗斯人斯坦尼斯拉夫·布宁，我在参加肖邦大赛前曾专门跟他上过课。他在1985年11届肖邦大赛中荣获冠军，在日本也掀起过布宁热，而令他在日本走红的乐曲正是这首《小猫圆舞曲》。我选此曲，一方面是想向他致敬，一方面也是希望引起现场观众的沸腾。

《小猫圆舞曲》之后是一首《玛祖卡舞曲》。“玛祖卡”是一种以三拍子为特征的波兰民间舞蹈、舞曲，对日本人来说就像过年时的《春之海》，有种祥和感，一听就有新年的气氛。对波兰人来说，《玛祖卡舞曲》也正是这样的乐曲，对现场听众来说就是一种亲切熟悉的旋律。

此曲是肖邦十多岁时创作的作品，提到肖邦，可能不少人会联想到一种孤僻、孱弱的形象，其实并非如此，读过他的日记和书信便能发现他非常幽默，是个“黑杰克”[1]那样单纯的少年。他性格开朗，假期便会骑马下乡，享受旅行之乐，《玛祖卡舞曲》也便诞生于他的度假旅途中。

肖邦在旅途中见到一群男女老少手拉手地围圈起舞，这幅图景让他觉得别有风情，被深深吸引。当时还是学生的他满怀创作激情，一心要亲自让一种尚未绽放的艺术种类得以成形，于是尝试把这种玛祖卡风情融入舞曲创作，便有了这首《玛祖卡舞曲》。

第三首乐曲《第二叙事曲》，人们对此曲的解读至今莫衷一是，不过显见的是，这首曲子的灵感是从诗歌中得来的，乐曲开头描绘了一幅牧歌式的画面。随后画风一转，乌云突现，暴风雨骤然而至。宁静感与突然向人类露出獠牙、带来灾害的恐怖感，是大自然的两副面孔，对这种矛盾感的表现便是《第二叙事曲》的要点。而且在肖邦的四首叙事曲作品中，第二叙事曲的特殊之处在于它是唯一（在曲终处）没有延音符号的乐曲。延音可以带来余韵和含蓄感，为何第二叙事曲中偏偏不用呢？我突然仿佛大

1　黑杰克：手冢治虫漫画《怪医黑杰克》中的主角。

梦初醒，顿悟到：肖邦莫不是要表现出一种现实与理想相悖离的空虚失落？

我从开始认真学琴时起就一直在弹《第二叙事曲》，其中寄托着自己强烈的感情。为了说服父亲而参加音乐比赛时，我就弹过这首拿手曲目。当时我还曾有过一个小小的愿望，希望将来能在肖赛弹奏它。看见我凭借它获得一个个冠军时，母亲也打趣说："你参加肖赛时就弹这首曲子吧。"

以上三曲都同样是F大调，若将这听来易于感觉单调的曲目单巧妙地饰以色彩，形成动物→人类→大自然的变化，就能让人不觉疲倦地乐在其中。在主题的设定方面下了工夫，F大调也便能产生令人惊讶的丰富变幻。

波兰出身的肖邦在20岁时告别了华沙，后半生辗转于维也纳、巴黎、西班牙等地。我在第二轮比赛中采用的是他在波兰期间所写的早期和中期作品，用自己的方式表现了青年时代的肖邦对波兰的感情。这套作战方案奏效了。

电影《钢琴家》中的波罗乃兹

第二轮比赛最后一首所选的波罗乃兹（降E大调），调性与前面三首接连不断的F大调不同。波罗乃兹具有庆典的要素，波兰的初高中毕业典礼上都要跳波罗乃兹，属于一种要为某事庆贺时跳的欢快舞蹈，肖邦早期的波罗乃兹中喜悦、幸福的要素尤多。这首乐曲对我来说具有特别的意义，因为我首次与管弦乐队合作时弹过它——曾与波兰的管弦乐队一起，由波兰人指挥演奏波兰人肖邦的这首《平静的行板与华丽的大波兰舞曲》。第二轮比赛的四曲都是明朗的大调，而肖邦的精髓好像本应在于一种哀愁的暗色，以此触动人的心弦，我在这轮比赛中却硬是让肖邦特有的哀愁和灰暗消失得无影无踪。

电影《钢琴家》曾荣获2003年的奥斯卡金像奖最佳导演奖、最佳改编剧本奖和最佳男演员奖，并在2002年的戛纳电影节上获得最高奖金棕榈奖，是一部包揽了众多大奖的优秀影片，随着该片片尾字幕响起的就是这首波罗乃兹，我第二轮比赛的收尾之曲。

影片主人公是一名犹太裔的波兰钢琴家，在第二次世界大战中被纳粹军盯上，被迫为德国军人演奏钢琴而苟且求生，但他的家人全被送到集中营并死于毒气室。

他独自在华沙街头的断壁残垣间徘徊，发现了一家放着钢琴的餐厅，本想找点吃的，却不幸被一个纳粹军官发现。军官命他弹一曲，他照办了，对方被他的演奏打动，放走了他。这是一位名叫瓦拉迪斯罗·斯皮曼的犹太裔波兰钢琴家亲身经历的真实事件。

战争结束后，他重返舞台弹奏波罗乃兹。我在影院看这部电影时深受感动，在听到波罗乃兹舞曲作为片尾曲响起的那一瞬间，我意识到这正是肖邦大赛之国所产生的乐曲。

而且片尾曲的录制场所就是肖邦大赛的赛场、华沙国立爱乐大厅。“真想有一天能在那个地方弹这首曲子”——这是我自看了《钢琴家》以来一直怀有的憧憬；于是我在第二轮比赛的曲目中加进了它。

令人感慨的是：在幕后为《钢琴家》主演艾德里安·布洛迪演奏的片段配音的波兰钢琴家亚努什·奥莱伊尼恰克，正是此次比赛的评委，这是我在选用这首乐曲时完全没有料到的情况。

在自己喜爱的电影配乐的演奏者本人面前弹奏，让我越发精神抖擞。我使出了浑身解数在本尊面前献艺，竭尽全力。

与自己的心对话

其实第一轮比赛之后，我的情绪起伏剧烈，内心很不安定。第一轮比赛的四曲在某种程度上是按照我自己的想法去弹的，却又让我觉得自己的心理发生了扭曲，性格产生了变化。仅有的一次比赛也许就会在很大程度上左右今后的人生方向，设若大败，甚至就会让此前筑就的演奏口碑化为泡影。

我给恩师彼得·帕莱齐内先生发的邮件里甚至写了“我想退出了”这样的话，还向在日本给我加油的朋友们倒苦水。先生和朋友们都给我打气:“现在言弃为时尚早，别人也都一样在苦苦坚持。”“再坚持一会，现在正是考验耐力的时候。”我的精神状态当时就是如此濒临崩溃边缘。

第二轮比赛前的两三天我的状态急转直下，自己这时候理应埋头于古典音乐，更何况弹的是留学华沙以来一直在弹的肖邦、我的最爱。可是那天的我却无视乐谱乱弹一气，就像是爵士钢琴的即兴演奏。

我无法解释自己何以如此，情绪完全不受理智的控制，就好像发生了一场人格分裂，自己仿佛换上了某种陌生的人格，崩溃成一片一片。

关系很好的朋友劝我："要不暂时把练琴放在一边吧？"比赛期间本来不可一日不练琴，只要一天不练，指法和感觉都会迟钝，可是对于当时的我来说却需有一段完全不弹琴的时间，以促使自己从心底生出一种渴望弹琴、渴望弹肖邦的冲动，于是我留出一天半的时间，让自己跟钢琴和音乐完全脱离。

我在这一天半中喝酒、打游戏、看网飞电影，无所事事，悠哉悠哉。我需要把自己的身心都从挑战肖邦大赛的反田恭平重置为一个27岁普通人的状态。在这重返27岁普通人的一天半中我有过种种遐思：若遵父亲的要求过着工薪族的人生，自己现在会做什么？当年那个足球少年看见如今的自己会作何感想？这二十多年来我一直努力与肖邦沟通心灵，而在这一天半中我与自己沟通心灵。

肖邦国际钢琴比赛

International Chopin Piano Competition

第三轮比赛

Third Round

三首玛祖卡舞曲　Op.56

Mazurki op.56

第二钢琴奏鸣曲《葬礼》 降b小调　Op.35

Sonata b-moll op.35

广板（赞美诗）《主佑波兰》 降E大调　遗作

Largo Es-dur “Boże, coś Polskę”

（harmonizacja dawnej wersji pieśni）

op. posth.*

波罗乃兹舞曲《英雄》 降A大调　Op.53

Polonez As-dur op.53

原注：posth.是英文posthumous的缩写，此处意为该作品是肖邦的遗作。

向华沙市民致敬的第三轮比赛

第三轮比赛的曲目安排与此前迥然不同，散发出成熟的气息。此次所弹三首玛祖卡都是肖邦晚年的作品，奏鸣曲第二首则写于其极其成熟的中期时代。广板（赞美诗）《主佑波兰》是肖邦的遗作，波罗乃兹第六首《英雄》是肖邦后期作品。

第三轮比赛为何如此安排？第二轮比赛中我选用了肖邦音乐生涯中早期和中期作品，可是若不能演绎后期和晚年的作品，就不能算是个“肖邦演奏家”，第三轮比赛中我特意在肖邦人生“集大成期”的作品中选曲，也就是说，聚焦于“成熟的肖邦”。

肖邦从早期到临终前一直在写玛祖卡舞曲，对他来说这已成为一种重要的音乐类型。在迎来20岁的1831年中，肖邦离开华沙移居巴黎，他在巴黎生活了二十年，并在巴黎迎来了人生的终点。肖邦想回波兰而不得，想必怀着复杂的感情，但他没忘记自己是波兰人，于是把玛祖卡作为望乡的一个关键词，毕生坚持创作玛祖卡舞曲，甚至让人觉得这是他对波兰的一种执念。这三首玛祖卡在肖邦的几十首玛祖卡舞曲中可以算是最难弹的曲子，也是我至今所弹众多玛祖卡舞曲中比较适合自己的作品。我在弹奏时想着要把它们献给在波兰生活的人们，而评委们给出的好评，也是我作为一个专业演奏者的荣耀。

玛祖卡之后我选了第二钢琴奏鸣曲《葬礼》，此曲也被称为《葬礼奏鸣曲》或《葬礼进行曲》，我想读者们也都听过很多次。这首曲子是肖邦在意识到死亡的时期创作的，曲调非常灰暗，我觉得十分贴合2021年10月新冠疫情不见尽头的世相。艺术家应该带着什么样的思考，应该如何在天灾新冠肆虐的时期演奏《葬礼进行曲》——我倾听着世间的声音，用自己的心演奏了《葬礼》。

以《主佑波兰》为副标题的广板（赞美诗）对我来说是一首记忆深刻的乐曲。最初在华沙留学的2017年，街头处处可见一种“自鸣椅”，椅子用大理石做成，一揿按钮便会传出与所在地有关的肖邦乐曲。比如靠近教堂的椅子上会刻着“肖邦去过这个教堂”字样，并会播放他当时创作的乐曲。

我兴趣盎然地四下寻找“自鸣椅”，按下按钮一首首地听那些音乐，可谓一种“圣地巡礼”，当时最先听到的就是这首《主佑波兰》。这是一首连“肖邦通”也几乎都不知道的次要作品，所以我当时不相信它真是肖邦所作。这首乐曲只有两分钟的长度，仅占一页A4规格的乐谱纸面。肖邦大赛秘书处曾来邮件说至今没有人弹过此曲，让我确认是否真的要报它，甚至有一位评委也说不知道这首乐曲。我在开始构思曲目单时就想要加进没人弹过的曲子，我认准评委们一定会因连日听肖邦的音乐而产生疲劳，于是就有了刺激他们耳朵的打算。我希望让现场的听众和看YouTube的受众都知道肖邦还有这首乐曲，把自己的视野更打开一些。

我因“自鸣椅”而与这首赞美诗邂逅，查了一下，确是肖邦所作。他小的时候曾到过此地的教堂，在这里和朋友一起参加唱诗班，教堂里还有管风琴。

因战争的缘故，后半生的肖邦思乡而难归。他想起少时哼唱而熟悉的赞美诗，便作成了这首广板，其中采用了波兰人耳熟能详的旋律。波兰有很多天主教堂，每天都有弥撒，进了教堂必能见到有人跪在神前祈祷。

我在华沙每天都能看到此番光景，故而对于肖邦作曲时的心情能产生一种生动的联想。我把这首广板加进曲目单，希望以演奏此曲而向波兰人传达一种信息：反田恭平是一位真心热爱波兰的钢琴家。

因新冠而奏的《葬礼》与《复活》

二十年未能归国的肖邦，39岁便早逝于巴黎，留下遗言要把自己的心脏送归波兰。根据这个遗言，肖邦心脏被保存在波兰的教堂。

他的心脏历经一百七十多年而未腐，是因为浸于白兰地之类的烈酒之中。若在DNA鉴定技术发达的今天，肖邦的真正死因是会得到调查的，过去一直传说他死于肺结核，但或许并不准确。有一部分波兰人主张对他的心脏做DNA检测。

不管怎么说，重要的事实是，早逝的肖邦，心脏至今保存在他的故乡，波兰人会感到这心脏还在“扑通、扑通”地搏动。我在第三轮比赛弹奏这首广板时便沉浸在这种感受之中。

顺便说一下，《葬礼》最后一个音与这首广板的首音相同，两者形成了一种起承转合，而广板的末音又与《英雄》的首音一样，再一次衔接起来。

奏鸣曲《英雄》的曲调阴郁到灰暗、绝望的程度，而这个暗色的和弦却因与广板《主佑波兰》明亮的和弦衔接，而增添了色彩。

波罗乃兹《英雄》中有“复活”的含义，此时世界上有许多人因新冠而死亡，死者及其家庭都面临着极为残酷的现状，我愿波兰人民哼唱着这首亲切的广板曲调回归初心，怀抱向死而生的希望。我就是带着这样的想法精心设计了第三轮比赛的曲目。

经验老到的评委完全能领会一位二十多岁的青年在这份曲目单里埋藏的心思，大赛后随即举行的纪念音乐会（由获奖者演奏）结束时，某位评委狠狠夸了我第三轮比赛的曲目单：“你很聪明，对肖邦大赛做了很好的分析，第三轮比赛那份曲目太棒了。”

最让我高兴的是现场鼓掌时间之长，我退场后掌声又持续了两三分钟。我真切地感受到这是全场听众对我最后演奏的波罗乃兹表示的感谢，我也看到了评委在鼓掌。大赛结束后我又定心回看了录像资料，全部参赛者中我得到的掌声最多。

第三轮开场的大危机

看到这里，也许有人会以为我第三轮比赛一帆风顺。其实临近第三轮时我的胆怯再次抬头。大赛是残酷的，不管演奏得多好，都可能因评委的某种价值观而落败，我不知这种情况何时会轮到自己。

有可能情绪控制失败，临场无法自如地演奏。如果不能发挥自己的全部实力，以一场难尽人意的演奏收场，那将令我后悔莫及。

第二轮比赛刚结束时，我觉得自己发挥得那么好，第三轮比赛也不在话下。其实这种心态过于乐观了。

开场弹的三首玛祖卡是我拿手好戏中的拿手好戏，在事先上课时得到波兰老师最高的褒奖："已经无话可说，你弹的玛祖卡就像波兰人在跳舞。"

反复练了三年，我自信闭眼打盹也能下意识地弹奏此曲，可此时要弹这支拿手之曲了，我却手指发抖。我紧张过度，手完全使不上劲儿，极度的紧张和压力使我头脑冻结，甚至感觉不到自己是在肖邦大赛的舞台上弹奏，头脑中一片空白，处于一种梦魇乍醒的状态。

为了第三轮比赛,我反复做过“表象训练”[1],可是事前期望过高，临场却肌肉僵硬，以这种状态弹出的第一个音与表象训练的落差太大了，以致我深感自己不应是为了弹出这样的声音而来到肖赛赛场的。玛祖卡的前五分钟里我处于最坏的精神状态。

“完了。糟糕，真糟糕。”我的焦虑随着时间的推移而加剧。“别管这首曲子了。”这时我果断地切换情绪，觉得不妨丢掉这区区五分钟，若继续以开局的这种非正常心理状态进入下面的曲子，就会让这轮比赛始终陷在糟糕的状态里边。

大赛全部结束后，有评委对我说：“你说你玛祖卡的开头弹得非常失败，我却认为第三轮比赛的演奏是最好的。”“你对第三轮比赛很悲观，但华沙的听众完全不这么认为。”

当时在舞台上的绝望或许真是我的多虑，如果一直被这种焦虑感牵着不放，我的这次肖邦大赛则将于第三轮溃败。

1　表象训练（image training）：又称“想象训练”，心理训练的一种，借助言语暗示或录音录像等方式，以引起已有运动表象。

赛后的绝望之泪

第三轮比赛开场的玛祖卡所引起的紧张对我的冲击过大，虽自第二曲起恢复了正常发挥，但第一曲的失误还是过于令人痛心。

演奏者在每轮比赛结束后都必须接受媒体三十分钟采访，当时的画面还留在YouTube网站上。第三轮比赛刚结束我就对一直支持我的人们表示了感谢。

后面还有决赛，我却差一点说出“我的比赛就到此结束了”的丧气话。

演奏后，彼得·帕莱齐内先生立即发来信息：

“感谢你让我听了一场出色的演奏。”

我马上给先生回信：

“此次参赛，我想怀着感激之情来演奏，为了回报您的教导，为了在世界传播肖邦，我一直竭尽全力练琴，然而却弹成那个样子，实在对不起您。”

先生立刻回信：

“没那回事，谢谢你出色的演奏，好得很！你退场后仍给人们留下了深深的感动。不懂你为何会那么否定自己。抬起头来，露出笑脸，带着自信马上开始练习决赛的协奏曲。”

我认定自己已经完蛋了，无论先生说什么都已经进不了我的脑子。

角野隼斗紧随我之后参加第三轮比赛，我甚至没力气对他说一句鼓励的话，他演奏时我一直待在会场外面。

“啊，我的肖邦大赛结束了……”

望着华沙上空飘扬的各国国旗，我的泪水如开闸的洪水般流个不止，此时我已完成了与肖邦大赛的告别。

来自偶像的问候

电视台希望能来拍第三轮比赛结果公布那一瞬间的我，我拒绝了，独自待在酒店房间坐守结果公布。通常第三轮比赛后进入决赛的人数是十人整，可是本届增加为十二人，足以见得2021年大赛整体水平高，选手成绩难分伯仲。

进入决赛的名单依选手的姓名首字母顺序宣布。我尽管心里已不抱希望，全身却出汗不止。

“啊，眼看已经叫了十一个人的名字了，还没听到自己……”

焦虑的瞬间，我看见主持人的口型将要发出“Kyohei”[1]的读音。第三轮比赛的选手中没有其他人的名字

---

1 Kyohei：“恭平”的日文读音。

以K音打头，我瞬间便知自己进了决赛，排在最后第十二位被宣布。我还能继续在那个舞台上演奏！在确定进入决赛的那一瞬间，我在客房的床上转圈跳波罗乃兹舞，又唱又蹦。

之后便是接踵而至的惊喜。翌日，不仅是与我相熟的人，历届大赛的冠军钢琴家也都闻讯发来了祝福的信息。

第9届（1975年）夺冠的波兰钢琴家克里斯蒂安·齐默尔曼、第11届（1985年）夺冠的俄罗斯钢琴家斯坦尼斯拉夫·布宁、第15届（2005年）的冠军波兰钢琴家拉法尔布·莱哈齐相继发信息来祝贺。齐默尔曼夸赞我在第三轮比赛的演奏：

“你的《英雄》波罗乃兹真棒。请按自己的信念演奏。你的波罗乃兹是所有参赛者中最好的波罗乃兹。”

1980年代后半期曾在日本掀起“布宁热”的斯坦尼斯拉夫·布宁用德语发来信息：

“早安。我享受你在华沙的演奏。愿你健康。你的演奏不仅给人带来享受，而且具有了不起的音乐性……听了你的演奏，我想起里赫特。”斯维亚托斯拉夫·里赫特是一位世界性的钢琴家，被称为“20世纪最好的钢琴家”。布宁还说：

“衷心祝贺。愿你在决赛中也能让我们喜出望外！”

能从历届肖邦大赛冠军那里收到这样鼓励的话语，实在是弥足珍贵。若以拳击界来说，就好比得到了拳王阿里的祝福和激励。

临决赛一小时前，俄罗斯的伊戈尔·莱维特发来了邮件，他是我非常尊敬且目前在世界范围内人气极高的钢琴家。

“衷心希望你能全情投入享受今天的演奏。你这个人简直妙极了，我紧握自己的双手为你祈祷。加油！”

决赛已令我无限期盼。自小用CD聆听其演奏的世界各地的钢琴家对我寄予了如此厚望，接下来我只要全力按照自己的信念演奏就行。去充分享受一生只有一次的肖邦大赛吧——期待之情在我心中无限膨胀，仿佛要冲破胸腔。

肖邦国际钢琴比赛

International Chopin Piano Competition

决赛

FINAL ROUND

第一钢琴协奏曲　e小调　Op.11

Koncert e-moll op.11

与肖邦融为一体的决赛

终于迎来了肖邦大赛的决赛之日，当天上午有与管弦乐团的排练。前三轮比赛都是钢琴独奏，决赛则是要与乐团合作钢琴协奏曲，可是上午的排练只给每人45分钟，协奏曲时长40分钟，也就是说规定的那点时间只够练一遍。

通常的音乐会都有两天时间排练，第一天先排练，反复磨合后，再在正式演出前在舞台上进行最后的彩排，也就是说每次正式演出前应该有两到三次机会合奏。

对演奏者来说，正式演出前排练3小时是惯例，45分钟未免太短，更何况对那些缺乏协奏曲演奏经验的选手来说，在正式比赛前对于将会发生什么是一头雾水。

决赛演奏的《e小调第一钢琴协奏曲》在肖邦存世的作品中最得我心，我希望自己可以凭借十根手指表现出弹奏此曲的喜悦。“我爱这首曲子，从心底喜爱！”带着这样的心情，我回归童心，觉得自己把钢琴弹到今天，为的就是能在这个舞台品味演奏的喜悦，接下来只要尽情演奏就行。我一心期待着享受音乐。

这首钢琴协奏曲可谓肖邦风格的集大成之曲，因此我觉得它比任何作品都难。这首协奏曲能够反映演奏家的内心世界和职业素质。钢琴演奏者若无一颗温暖之心，是无法驾驭它的。为什么这么说呢？因为有第三方在场。这次既有指挥又有乐队，不似此前的个人独奏。钢琴演奏者要能传达自己心中对肖邦以及肖邦第一协奏曲的理解，用自己的力量去引领乐队。“这个音我要这样弹。”当你散发出这样强烈的意念时，尽管听上去像是玄学，但乐队的演奏风格确实会跟着改变。否则的话，就可能出现钢琴与乐队从头到尾各行其是的局面。也正因为这样的难度，协奏曲才是考验钢琴演奏者真功夫的终极关卡。

在这次决赛之前，我最后一次与大建制管弦乐队合作演奏是在2019年11月。新冠导致所有的演出延期或中止，之后近两年间我都没在舞台上弹过这首钢琴协奏曲。

2019年11月我合作演奏钢琴协奏曲的乐团与此次决赛一样，同为华沙国立爱乐乐团，而且当时的指挥与此次决赛同为安德烈·博雷伊科。

没想到2019年11月的演出成了本该在2020年举行的肖邦大赛的预演——进了肖邦大赛的决赛，就将在安德烈·博雷伊科的指挥下跟华沙国立爱乐乐团合作演奏钢琴。

“我得把他指挥时的种种习惯动作，在脑袋里一个不漏地复盘。”

“安德烈·博雷伊科的思想理念是怎样的？他有怎样的性格？我得从他的举手投足中总结出他的个性，牢记于心。”

我带着这样的紧张感走上舞台。当年鲜明的记忆在决赛中发挥了作用，排练时间虽只有45分钟，但因有过前年那场音乐会，我与其他选手相比，在经验值方面便有了压倒性的优势。

在决赛前的排练中，我用琴声向指挥和乐队成员传达自己在决赛舞台将如何演奏。华沙音乐学院的恩师彼得·帕莱齐内先生指导我说：“舞台上的你简直就是无敌的怪兽，临场总能超常发挥。决赛时你只要稳住，就不会有问题。不要过度兴奋，自信地稳定发挥就好。”

与此前的几轮比赛不同，在弹出第一个音的瞬间，我找回了此次大赛以来最本真的自我，于是得以把这次演奏当作在肖赛舞台上纯粹地享受自己最爱的协奏曲的机会。乐团与听众共鸣，共同度过了与肖邦融为一体的40分钟，我的肖赛之旅就在这如梦似幻的共鸣之中，落下帷幕。

获得亚军的瞬间

决赛结果的公布比原计划晚了许久，推迟到了深夜的两三点钟。几小时前还如节庆般热闹的音乐厅此时变得一片寂静。灯光微暗的音乐厅中，决赛选手们默默等候着最终的结果。

在座的都是强者，通过一轮轮严格的选拔最终闯入决赛，都是带着不知能在肖赛中走多远的忐忑，一路坚持到这结果发布的瞬间。尽管不曾有过交谈，大家已超越国籍结下了战友般的情谊。名次公布后，我们就要告别大赛，告别彼此。惜别之余，也有一种即将获得自由的雀跃：因为终于可以弹奏肖邦以外的音乐家的作品了。等待的时间里，众人想必都是百感交集。

随着等待的延宕，我们渐渐疲劳，有选手当场表演魔术给大家提神。众人都不知在这段共度的时光中该如何表现，于是开始互相按摩肩部表达对彼此的关心。我刚为“发小”小林爱实按摩，意大利的亚历山大·伽德杰夫（Alexander Gadjiev）就来为我按摩。十二位选手围成一圈互相按摩的那一瞬间，大家的心也都连在了一起。时间虽然极短，却是了不起的瞬间，大家的紧张都得到了缓和。

宣布结果的时刻终于来到，我们走下阶梯靠近正在等候的摄影师和媒体记者。虽然只是走下阶梯而已，却有人对我们打起响指、高声欢呼，那待遇就像好莱坞明星走红毯。

听说十二名选手中有八人获得名次。波兰语跟俄语相似，我能听懂大概意思。或许因为会场是大理石地面，话筒的回声太强，主持人的声音便听不清楚。宣布者好像十分紧张，本来在波兰语之后应该再用英语说一遍，他却半途忘了说英语。他的紧张情绪也感染了我。

从第六名开始宣布，第四名有两位，小林爱实被叫到名字，我向她道贺并与她握手拥抱表示祝福。意大利的亚历山大·伽德杰夫被宣布为第二名时，我瞬间意识到自己无奖可得了。此后，我该以什么样的表情去见伙伴，如何向支持我的观众们解释？赛前想象中的那种窘境令我恐惧，但能走到决赛又让我有种天然的喜悦，两种情绪在心头交织在一起。

下一瞬，“Kyohei Sorita”[1]，带着外国口音的主持人叫到我的名字。我脑子里清楚十二人中没有别的“Kyohei”，但我的心还不敢相信自己在肖赛中拿到了名次。说不出缘由，我感觉六神无主，目光游移起来。

这时，旁边的第四名雅克布·库兹里克（Jakub Kuszlik）和第六名白立君（JJ Jun Li Bui）向我道贺并告诉我，我得了第二名。自第8届肖赛（1970年）的内田光子以来，这是日本人在51年后再次获得肖赛亚军。我的选择没错，我想起自己多少次忍受着孤独的折磨，多少次被虚无感压倒，想起自己在去赛场的出租车上与“临阵脱逃”的念头斗争的瞬间。我终于迎来了胜利！

比赛结果宣布后，我在现场搜寻恩师彼得·帕莱齐内先生的身影，看到他满面笑容地转向我的那一瞬间，我一下子热泪盈眶。

“干得好！哭什么呀？第二名很棒了！我参加肖邦大赛时拿了第三，你不是超过老师了吗？这个成绩很了不起了。自信点，笑一笑。老师为你而骄傲。谢谢你演奏了那么精彩的肖邦，真的谢谢你。”

我人生第一次，也是最后一次的肖邦大赛，就此画上了句号。

1　Kyohei Sorita：“反田恭平”的日语读音。

第四章　台下功夫

改造体形和发型

在比赛中，为了弹奏出自己想要的音色，手指动作必须精确到毫米以下。所以为了能自如地控制演奏力度，以精密机械般的精确度实现自己的情感表达，必须进行大胆的形体改造；若不改造肉体，就无法融入肖邦的音乐、达到灵魂与肖邦的合二为一。

演奏场馆既可能是三得利音乐厅那样的硬件完美的地方，也可能是一些回声过强的音乐厅。日本的多数音乐厅座椅总体来说比电影院的座椅单薄，所以吸音效果要差一些。

另外，冬天的观众席不同于夏天，许多人都穿蓬松厚实的外衣或毛衣，于是冬天的会场声音自然就被吸收得较多。

在海外演出，无论遇到观众席多达四层的大歌剧院，还是有着高高穹顶的教堂，都必须如约演奏。在这种会场，要想把钢琴声传到四楼最后排的座位，是极其困难的。面对场地条件的微妙差异，从最强（fff）到最弱（ppp），钢琴演奏者对音符强弱以及抑扬顿挫的控制，必须做到毫厘不爽的程度。

有个广为人知的传闻，拉赫玛尼诺夫身高达两米。我在俄罗斯留学期间也见过几位身高两米的钢琴家。我身高170厘米，体重只有49公斤，30厘米的身高差是个极大的劣势，我只有靠增重来弥补这个劣势。

也许有读者认为钢琴家以手指为生命，身量并不重要。其实你们看不出来，我们演奏时是调动着全身每一块肌肉来控制手指的。与田径运动员不同，钢琴家无需保持体型精瘦，有肚腩的钢琴家奏出的声音更为丰满有深度。

于是我每天吃一袋薯片，有意识地增加碳水化合物的摄入量，体重也随之增长。我为了满足在肖邦大赛上演奏所需的身体条件，特意增肥。

单单增加脂肪还不够，于是我又练拳击，还去健身房和私人教练一起练肌肉。一般的钢琴家都不会去做太剧烈的肌力训练，我却像格斗家一样拼命地做深蹲运动，为的是强化腿部肌肉以充分支撑躯干。

我不厌其烦地举杠铃，双臂因二头肌、三头肌得到锻炼而变粗，背肌和胸肌也越来越发达，然而与肌力不足时相比，我的琴声变得生硬，给人一种死板的印象。

我明白了雄健的体格并不适合于钢琴家，于是又停止了肌肉训练，开始积蓄脂肪。我懂得了在握手和拥抱时若能给人一种胖嘟嘟的蓬松感，就能更直接地传达肖邦的温度和深度。

临赛时我特意多摄取碳水化合物。我住在靠近赛场的旅馆，把那里作为根据地，带着大米和电饭锅在房间里煮白米饭。如果上午十点开始演奏，我会在十二小时之前，也就是头一天晚上十点大吃碳水化合物。碳水化合物在睡觉期间消化，转换为能量，我在演奏中就能发挥出爆发力；而且糖分补给充分，头脑也运转得快。

为了能让人一眼就记住我，我还留了长发，梳成大背头，露出脑门，在脑后把长发扎成发髻，弄得好像一个武士。

因为有汤姆·克鲁斯的电影《最后的武士》，外国人知道了古代的日本人都梳一种“丁髷”[1]发型，而Samurai[2]也成了世界通用的词语。我有意打造“武士钢琴家”的形象，让观众觉得这钢琴家的模样挺好玩，从而产生兴趣。因为要在舞台上面对众多评委和观众的视线，当代钢琴家

1　丁髷：江户时代日本男人的发型，剃去额顶到头顶部的头发，把剩余的头发在脑后绾结。

2　Samura：“武士”一词的日语读音。

对自身形象的打造，也越来越有必要。

我祖父临终前当着家里人的面留下了一句谜一样的遗言：“反田家祖上可是武田信玄的家臣。”我家有漂亮的家徽，祖父还给我看过古刀和卷轴之类的东西。我若真是武田信玄家臣的后裔，梳这武士发型就更合适了（还请NHK的《家族历史》栏目调查一下我祖父的遗言是否可信）。

用“正字法”做攻略

如果毫无规划地贸然走入赛场，是不可能有胜算的。所以，我为迎接肖邦大赛所做的准备简直是细致入微，恐怕无人能及。我把2010年和2015年这两届肖赛八百来名参赛者所弹的曲目全部盘点了一遍。

肖赛只能弹肖邦的作品，因此我要先罗列出肖邦创作的曲目。据说肖邦一生留下了约二百五十首乐曲，已知过去十年两届肖赛的舞台上共演奏了四千次的肖邦乐曲。我用画汉字“正”字的办法统计这四千次中，每首乐曲各被弹奏了多少次，做成了数据表。

如果是独奏会或个人音乐会，我需要最大限度地发挥个人特色来取悦观众；而在比赛中，取悦了观众却未必能得高分，比赛更需要的是让在场的评委感受到你作为一个钢琴演奏者、音乐人，对肖邦的诠释恰当又精彩。

肖邦大赛的规则中写道:“我们为肖邦音乐寻找新的翻译者。”要求参赛者专注于肖邦音乐，以21世纪的当代人的视角和理解去诠释乐谱。作为一个生活在现代的音乐家，应该组织一份怎样的曲目单提交给组委会呢？如何选曲，其实也考验着参赛者“讲故事”的能力。

我用画“正”字的办法，数据化分析过往的比赛，同时在自己的独奏音乐会和巡演中弹奏肖邦乐曲。从2016、2017年起，我就开始在自己的曲库中精选乐曲。

预选赛和第一轮比赛中必须弹练习曲，于是我在2017年的巡演中集中举行了十场只弹练习曲的独奏会。经历十场同一概念的音乐会，便能知道自己的手指适合哪首练习曲，知道自己擅长的领域。通过在正式的音乐会上演奏练习曲，我预筛出了预选赛和第一轮比赛可用的曲目。

不过仅靠弹练习曲还不行，第二轮及之后的比赛还需另行谋划。对于其后的玛祖卡、奏鸣曲和夜曲的选择和排序，我也做了反复的推敲。大赛因新冠而延期，我便有了五年的时间来精心打磨自己的曲目单。

哪些曲子与自己的演奏方式和表现手法适配度最高？能在肖赛上胜出的，都是怎样排布曲目的？简单地罗列一堆名曲，对获胜毫无帮助。如果灵活加入几乎无人弹过的冷门作品，反而有可能产生新的叙事性。

从第一轮、第二轮、第三轮，再到决赛，我在比赛的全套曲目里酝酿叙事性、故事感，把它们串连在一起，向听众传达弦外之意。通过选曲和编排上的巧思，展现出一种对肖邦的别开生面的理解。我就是这样投入大量的时间和精力，才确定下了正式比赛时的曲目。

忘我、投入

我想写一件肖赛中让我印象深刻的事。一位在第一轮比赛中过关的波兰选手，第二轮比赛在我附近候场，到了主持人快要叫到他名字的时候，他却面色苍白，瑟瑟发抖。

“看来太紧张了，能行吗？他这样子能上场吗……”

我正为他这副紧张模样担心时，就听他说了一句“我回去了”，临场弃权了。到了这个关头，本应抛却一切杂念只顾弹琴才是，他却因为过于恐惧而无法登台。

他一定也跟我一样，从小就憧憬肖邦大赛，盼着有朝一日登上这个舞台，那种焦灼的渴望之情，大概也曾如热恋之心一样燃烧过。

五年、十年、十五年……他一定也曾练琴练到昏天黑地，在老师的批评声中，拼命地磨练着技艺。他应该也比任何人都更将肖邦的乐谱烂熟于心，对着乐谱行间来自肖邦的信息凝神思索过。我们都像求知者一样不懈地钻研，也都曾作为实践者登台演奏过。我们这群人，常年艰苦跋涉，最终抵达的目的地——就是这肖赛的大舞台啊。

可是，临到正式登台前的瞬间，巨大的恐惧感却成了绕不开的绊脚索。在这场大赛的舞台上，有一头只有参赛者才能看见的魔怪，我们要与之对抗。本应奋不顾身投入比赛的选手，却因恐惧那怪物而原地石化，沦为不战而败的逃兵。以这样的方式谢幕，着实令人痛心。

波兰选手所要面对的来自本国国内的压力和期待一定是超乎寻常的，而他参加的又是以他们波兰的音乐大师肖邦冠名的比赛，要在这个赛场与来自世界各国的选手竞争。波兰人当然都希望本国选手进入前三，夺冠折桂。这就跟四年一度的奥运会上，日本柔道选手被举国期待着获得金牌一样。

在一旁看着这位波兰选手的样子，我暗自庆幸自己是日本人。我若是波兰人，现在恐怕也和他一样承受着可怕的压力。

话虽如此，其实我的压力也不小。在日本，有那么多主办方和工作人员，在全国各地打出反田恭平的旗号为我的演出票大卖而努力，我若在大赛中露怯，就会让日本的粉丝们幻灭，也许他们不会再来听我的音乐会。无数观众和团队的期待，沉甸甸地压在我的双肩。

即使我不能在大赛中发挥出理想状态，也不能以背负的期望和压力过大作为开脱的借口，而只能说是自己面临这样的大赛准备不足，努力不够。

总而言之，最大的敌人不在外部，而是在自己的心中。我必须战胜自己心中潜在的软弱，排除不必要的杂音，全身心投入。我要潜入音乐之海，随波畅游。正如前文所述，手指的动作幅度要精确到毫米以下，才能奏出自己心目中的肖邦。我要真挚地读取作曲家记录在五线谱上的信息，全心沉浸其中，让作曲家的灵魂与自己的身体合而为一。

就像演员阅读并默记编剧写下的大纲和台词，再按导演的指导去表现角色，当高度投入地“进入角色”“被剧中人物附体”时，观众也会沉浸在一种真实的气氛中，把剧情里的画面当作在眼前发生的事实，进而被感染、感动。

古典音乐的世界里，有像德彪西的《欢乐岛》[1]那样表现情人私奔时的欢喜，色调无比明快的曲子；也有像肖邦的《葬礼》那样灰暗，如同立于绝望之渊的曲子。不管

---

1 《欢乐岛》：(L'isle joyeuse)：德彪西受法国画家华特名画《乘船赴西德尔岛》启发而作的钢琴曲。西德尔岛有“爱之岛”之称，是情人们向往之处。

乐曲的情绪色彩如何变幻，肖赛的舞台上的我都已达到了全神贯注的顶点，只顾忘我地沉醉于演奏。而无论演奏得如何，能在这样的场合方寸不乱，我都已知足，觉得此行无悔。

戴着假面无法打动人

在留学莫斯科柴可夫斯基音乐学院前，我曾师事桐朋学园大学音乐系的片山敬子老师，当时高中时代的恩师川岛伸达说："我把能教的全都教给了你，下面要向你介绍我所尊敬的片山教授。"

片山老师对我来说是神一般的存在，她有一双可怕的"透视眼"，能够一眼看穿别人的内心。每当我在为一些事而烦恼并分神的时候，即使还什么都没说，她也能一眼看透我的心思。她常说："你现在的杂念和烦恼，以及你的品性，全都会反映在演奏中。"

于是去片山先生那里上课就成了一件令我备感压力的事，那是我第一次害怕上课。在东京郊外的车站下车再走十五分钟，老师家的房子在一个小山丘上。下课已是华灯初上时分，从老师家出来走下小山丘时，眼前的夜景十分美丽。我常坐在山坡的台阶上休息并欣赏夜景，一边回顾今天先生又指点了哪些地方，这对我来说是一段值得珍惜的时间。

“单凭磨练技术是无法成为一流钢琴家的。”这是片山先生教给我的重要道理。我觉得这道理不限于弹琴，而是一种通用于人生方方面面的重要哲学。片山先生对我的教诲中还有一句让我印象深刻，至今难忘：

“不要让自己在一种伪装的状态下弹钢琴。”

年轻时总喜欢要帅，有意识地让自己的形象显得比实际高大，这种姿态其实纯属虚饰。贸然地突出自我，演奏时过于突进，有时反而会导致欲速不达。

作曲家作曲时在想什么，钢琴家应该如何不带私念地，做出最忠实的演奏？片山先生对此的回答是：

“自如地去弹就好。”

这话牢牢地印在我的心上，我当时肩肘紧绷，无法自如地弹奏。

“你自己希望怎样演奏？你先冷静一下，把手放在自己胸口，想想好。一旦奏响第一个音，就一直往下弹，就像时间的流逝一样不要停滞。音乐一旦开始，就像呼吸一样演奏下去。”

在那之前我从未能心无旁骛地弹钢琴，所以这话让我豁然开朗。

“你本质上还是个纯真的孩子，应该试着回归童心去弹琴。”这是她对我的另一忠告。

在临近肖赛预选赛的2021年7月，我找到了片山先生说的那种理想演奏状态。手指放在键盘上将要奏响一个二拍长度的“哆”音的瞬间，我头脑中开始浮现琴弦因音锤敲击而振动、起伏的情景。音型和音波如何起伏，音锤、琴弦等一个个部件如何振动……都如在眼前。

弹奏“哆咪嗦”和弦时声音振动较强，经过一定时间后，音型和音波渐渐衰减，衰减到一定程度后再加进另一个音。我完全信任自己的“五感”，毫无滞碍地自如弹奏，那种感觉只能用“自在”二字形容。

一旦第一个音符奏响，乐章便自然流泻而出，不休不止，即使遇到因休止符而物理上中止声音的地方，在那无声的时刻中也响着一种“无声之声”。

“啊，这就是肖邦吧。”在那一刻，我初次有了这样的领悟。

努力的幸存者

2018年10月，我曾在俄罗斯国家管弦乐团漂亮的音乐厅进行CD录制，曲目是我喜爱的拉赫玛尼诺夫的《第三钢琴协奏曲》。

当时发生了令人后怕的严重事故，一面重达数吨的防火墙突然砸到舞台上，台上的我迅即阖上琴盖保护乐器。在那一刻，珍贵的钢琴差点全毁，而我也有可能当场死在防火墙下。

我曾在重要的比赛前被卷进交通事故，导致一只手不能动弹，又曾在小学时的一次足球赛中右手腕骨折。

短短的二十七年的人生，我就遇到过几次重大事故，若将视线再稍稍朝外延伸，在如今这个世界，无论被卷进怎样的偶发事件都不足为奇，一场全球性疫情的突然降临就让全世界陷入了始料未及的事态和混乱之中；本以为21

世纪是个没有战争的时代，如今却是战火频发，人们流离失所。

眼下我虽能精神十足地弹奏钢琴，但说不定突然就会被卷进不能弹琴的状况，如果做好随时会遭遇事故，随时可能失去生命的思想准备，就绝对不会抱着“明日复明日”的安逸态度去生活。

“我要活得对得起人生的每一瞬间，对得起自己在那一瞬间弹出的琴声。”

“能与钢琴相伴至今，我已心满意足，哪怕在演奏结束后的瞬间倒在舞台上死去，那也得偿所愿了。”

说句极端的话，我从来就是抱着“死而无憾”的思想觉悟去演奏的，无论会场是大是小，听众是两千人还是一人，每一场演出我都不会区别对待，绝对不会敷衍听众，在任何一个舞台，我每次都投入自己的全副身心去弹奏。

我甚至认为：如若丢失这种态度而轻慢待之，则还不如死去更好。

音乐没有标准答案

初中时，一个跟我一起在音乐培训班的孩子说过一句极具冲击性的话，让我至今难忘：

“反田，你弹的那个不是音乐。”

他跟我同级，我自以为与他关系不错，所以这句话特别伤我。他从小就在刻苦练琴，因为怕受伤，连体育课都不上，为了弹琴甚至可以满不在乎地请假缺课。后来很长一段时间，我都未能摆脱这句话的影响。

在莫斯科留学时，米哈伊·沃斯克列辛斯基先生的一句话给我留下深刻印象。我问先生有没有喜欢的作曲家，先生说：

“我无法回答这个问题，因为我认为作曲家都应得到我们一视同仁的爱。假如有作曲家让你觉得不好对付，或许明天你就会喜欢上他的。”

老师若是亲口说出喜欢哪个作曲家，我就会在瞬间戴上有色眼镜去看那个作曲家，并以短浅的目光为音乐评出优劣，对音乐家挑三拣四。而这不是从事音乐事业应有的态度。

听到沃斯克列辛斯基先生这话，我想起了初中同学说的“你弹的那个不是音乐”。

“那时我弹的在他听来或许不是音乐，可是如果他今天再听，也许就会十分喜欢我的音乐了呢。”反之亦然。

不拘囿于一事一时。我觉得这个规律不仅适用于音乐，也适用于个人生活。如果认定某人是这样的思维或者态度，那就会忽略他其他侧面的性格和人格。人心具有多重构造，不可能一概而论，人心蕴含着矛盾的感情，很多人都体验过内心的撕扯和纠结之苦。

愤懑、郁闷、寂寥、焦躁、欢喜、幸福……所有的感情都能成为音乐的营养。人的生活方式，没法说哪种就是最好的，音乐也同样没有“最优”和“正解”。我愿做一个永远的“求道者”，不断面对没有标准答案的问题。

不可切割的才是珠宝

在莫斯科和华沙留学期间，与来自世界各地的音乐家一起度过的那段多姿多彩的时光是我人生的财富，尤其是在柴院的寄宿生活中交结了男男女女许多朋友，更是令我受益匪浅。

有趣的是，那些长时间来只是埋头练习钢琴或小提琴之类乐器的人，演奏往往缺乏内涵，而越是兴趣广泛，舍得在与音乐无关的事情上花费时间的人，演奏越是内涵丰富。博览古今东西的文学作品，写诗，常常去音乐厅鉴赏管弦乐、歌剧和芭蕾舞，去美术馆、博物馆接受充分的刺激，此类体验都能成为音乐家的财富。

“只要加上一勺这种调料，味道就会非常惊艳！”

这位意大利朋友，总是在宿舍亲手烹饪，并开心地讲解。他的演奏就带着一种出众的明快和欢愉，仿佛他在琴声里也添加了一味神秘作料，弹出了独家的味道。

在宿舍生活的朋友里有不少与众不同的个性派，让我懂得并非男生一定阳刚，女生一定阴柔，男女并非二元对立，分割开来的。人性是丰富的、五彩斑斓的，世间的人因此组成彩虹似的色谱。只要脑袋里有对这一事实的认知，那么钢琴演奏的气质就会发生明显的变化。

跟电影《哈利·波特》学指挥

我常乘飞机在世界各地往返，在旅途中看电影是我的一项特别享受。在全日空国际航班上看一部由真人扮演毛绒玩具的电影时，我感动得泪流不止，以至于前来送餐的乘务员关心我是否哪里不舒服。

听到音乐就无条件地产生反应大概是一种职业病，剧中音乐响起的瞬间，我立刻就想起了自己的幼时，想到自己也曾有过珍爱布玩偶的时期。人随着自己的成熟便失去了幼时天真烂漫的纯真，渐渐变得世故。

若能暂停脚步回顾自身，即使已经成人，也还随时可以找回童心——那部电影传达的这个信息直入我心，令我泪流不止。我爱这部影片，回到日本以后还到影院在大银幕上重看了一遍。

我沉浸于影片中的世界，把自己代入角色，体验他们的人生，为他们的悲伤和苦闷哭泣，俗世浮生的压力之类片刻之间烟消云散，心中沉渣被泪水冲刷而复归清静。无论对于钢琴演奏还是对于人生来说，尽情流泪都是裨益匪浅的。

再多聊几句电影。可以毫不夸张地说，《哈利·波特》系列电影是音乐家的一部教科书。看了这部电影便可发现魔法师手臂、手指和身体的动作都可成为音乐指挥的参考，行使施惠于人的魔法跟行使攻击性魔法时手腕、手指的动作明显不同。

若要让铜管乐器和木管乐器的音量稍微弱化，或反之想让特定声部的音量稍稍提高时，指挥若能以精确到毫米的动作做出指示，那就可以加入魔法师的队伍了。

我曾看过小泽征尔先生给指挥班学员上课的录像，他要求指挥者做出“发出水声”的动作时，学员们都无法用恰当的手势表示。

宛如哈利·波特发出水的咒语一般，小泽先生以一种不可言传的肢体语言巧妙地示范了“水声”的表现方式，不可思议的是，弦乐队马上按照他的指示奏出了“水声”。凭着一个细微的动作就把信息直观地传达给了几十位音乐家，指挥家俨如一位魔法师。

我希望自己有一天能像《哈利·波特》中的魔法师一样，用一根指挥棒自由自在地描绘出音乐的画卷。

第五章　靠音乐吃饭

作为经营者的莫扎特和贝多芬

在日本鲜有钢琴家同时以经营者的身份出现在世人面前。要开动脑筋去琢磨如何靠音乐吃饭，要支付团队人员工资，甚至还要操心其他音乐家的生活费，忙于这种现实性的事务，必将牺牲练琴的精力和私人生活的时间。

可是回顾历史，音乐家可以埋头于演奏的时代并不长久。莫扎特（1756—1791）和贝多芬（1770—1827）除了自己从事钢琴演奏和作曲活动，另外还担任乐队指挥，甚至还策划演奏会并四处游说拉赞助，他们一边作为音乐家而活动，同时又带头奔走筹措资金，也就是实践着经营活动。

不管演奏如何出色，若不做宣传，不做吸引粉丝的营销活动，票房成绩就不会好。莫扎特和贝多芬了解这些，于是网罗了许多为音乐家撑台的金主和渠道，募集到了用于文化艺术活动的资金援助。

2015年7月我21岁时，知名唱片厂牌哥伦比亚为我发行首张专辑，翌年2016年1月我在三得利音乐厅举行首场独奏会，两千张门票全部售罄。

与哥伦比亚日本公司合作了三年，之后应该延长合约，继续在大公司的庇护下活动，还是应该像莫扎特和贝多芬那样独自经营，扩展自己的活动范围？虽也受到非难，我还是选择了后者，希望自己能不受任何束缚地以演奏家和经营者的双重身份开展活动。

“作为一个二十来岁的年轻人，承蒙您的关照，得以发行首张专辑，我衷心表示感谢。今后我希望能够独立活动。虽然我对行业和社会规则还一知半解，但还是希望能独立闯闯，还望获得您的理解。”

发掘我的那位制作人是个性情中人，常说“凡事不做便不知”，即使遇到我这样的毛头小伙子声称要独立，他也不会兜头一句：“少说大话，你现在这样子能做什么。”而是对我说：“知道了。好好干，我支持你。规则你自己定，只管照自己的想法去做就行。若有我能帮得上忙的，尽管来找我。”说完高高兴兴地送我出门。

2017年10月我入学波兰华沙音乐学院，在第二处留学地开始了钢琴家的新人生。2018年11月，我创办NEXUS株式会社并就任代表董事兼社长，“nexus”在英语中有“联结”“关联”“集合体”的意义，我希望以这个公司为媒介，把赞同我理念的音乐家和团队联结起来。我就是怀着这个愿景为公司取名NEXUS的。

NEXUS目前归我和务川慧悟（钢琴家）、冈本诚司（小提琴家）三人所有。我想耐心地打好基础，同时一点点增加钢琴、小提琴以外的器乐演奏家。希望有朝一日海外的艺术家问我属于哪家公司，我答“NEXUS”时，他会说一声：“啊，就是那家NEXUS！”

2021年5月，务川在伊丽莎白女王国际音乐比赛中荣获第三，冈本2021年9月在慕尼黑国际音乐比赛的小提琴组荣获冠军，而我2021年10月获得肖邦钢琴比赛第二名。由于参赛年龄的限制，NEXUS的三位所有人都已挑战了各自人生中最后一次国际比赛，并全都取得了出色的成绩。

看见我们三人此次的成绩，应该有数万数十万人都想去听听古典音乐会，我希望能向他们传达现场演出的魅力，我在这里发誓要与务川、冈本携手，积极策划有魅力的音乐演出。

少年时的信条：讲义气

如第一章所述，或许有生长环境和人际关系方面的原因，我养成了调皮捣蛋的性格，初中时代常与一些血气方刚的朋友一起玩，在初中这个小小的社会中与他们一起学会了一些建立人际关系的方法。

有个朋友与外校的学生起冲突而挨揍，我和其他好友听说后会一起前去为其“报仇”。

上了初二后，我决定认真练琴，这位朋友便对我说：“你还要弹琴，我不想让你把自己的前途断送在打架上，以后打架我们上就够了。”那之后，我便得以一心练琴了。

正因经历过这样的学生时代，至今我与人交往一直讲义气，自从靠弹琴挣钱以后，我认识了很多成年人，他们中的大多数都待我如亲人，主动给我帮助，但其中也有人只是看重我的某种价值而虚与委蛇。在人际交往中我不能容忍背叛和有始无终，“有了承诺就要践行”，这是自初中时代确立的人生信条。

在开办、经营公司的今天，我依然如此，以学生时代以来一以贯之的讲义气的脾性与人打交道，不管对方是老同学还是有名的企业家或音乐家，我都努力竭尽仁义，做到这点，迟早会有人与我同气相求。

日本古典音乐界的第一个厂牌

首张专辑成功发行后，我的活动范围渐渐扩大，为了实现自己心中描绘的理想，此时有必要创办公司了。

开公司不是注册挂牌就完事了，应该投入多少宣传广告费，如何设定门票价格，在多少人规模的音乐厅演出才有收益，收益如何产生……我一边跟着社会上已有的经验学习，同时试着自己投资办音乐会。作为经营者首先努力不亏钱，再实现盈利，同时让演奏者、团队人员和出资者都能有所收获，有所发展。

2019年7月，作为与e+公司[1]的合作项目，我创建了独立厂牌“NOVA Record”，NOVA在英语中有“新星”的意思，Record一词之所以不用复数而特意用单数形式，是

1　e+：日本最大的演出票务公司。

希望不把旗下艺术家统合为一个模糊的集体，而是将每一个人都作为个体，以诚相待。

创建独立厂牌在日本古典音乐界还是首次，而在地下摇滚乐队圈中，独立厂牌已司空见惯，他们以近于自费出版的形式发行CD，也有畅销百万，获得丰厚回报的案例。既然摇滚圈能做到，我想钢琴界也不妨有个独立厂牌。

归属大品牌旗下，就无法只做自己想做的事。不只音乐界如此，所有行业的企业都把盈利作为最重要的课题，自然要适应当下市场的潮流风向，制订发行专辑和举办音乐会的计划，但我不能以一种“一切向钱看”的姿态来做音乐。

“下一张CD你录一下这首曲子。”“你往这个方向努力吧。”据其他艺术家说，很多大牌公司会提出诸如此类的要求。艺术家固然没有必要完全言听计从，但自行其是却是需要耗费能量的，结果往往就是，推出的唱片完全不是自己期待的样子。所幸我至今尚未遇到此类情况。

尽管已进入一个CD不好卖的时代，但我仍不愿发行自己不满意的CD，那毕竟是自己的作品。我认为最好的模式是走近艺术家，留下他们本人希望录制的曲子。要以艺术家的视角出发，细致地开展工作，最好的方法就是建立自己的厂牌。

当时的我也在寻找新的CD销售模式，于是与e+公司合作，实现了一项新举措——把唱片与音乐会门票捆绑销售。结果，NEXUS与e+公司的这一合作项目，进而催生了NOVA Record的创立。

把乐团变成公司

2018年2月，我与八位弦乐演奏者组成“MLM双四重奏乐队”，“MLM”是俄语Молодые люди, которые любят музыку（爱乐青年）的首字母缩写。

翌年2019年乐队扩充成双倍体制十六人的“MLM national管弦乐团”，又于2021年1月更名为“JNO（Japan National Orchestra）”，并于新冠肆虐的2021年5月建立Japan National Orchestra株式会社，将乐团法人化。我任常任指挥和代表董事兼社长。

世界级的机械制造商DMG森精机株式会社社长森雅彦为JNO的建立给予了资金援助和强有力的支持。由于DMG森精机的本部在奈良，所以我决定JNO的活动据点不放在东京而放在奈良，并请DMG森精机与我之间的联系人、DMG森精机董事川岛昭彦先生就任我社董事长。

JNO旗下目前连我在内有二十位艺术家，他们作为公司职员被雇用并付给工资。艺术家得到的经济支援通常都是来自财团法人，我则想和一般企业一样创收，并形成给职员发薪的形式。管弦乐团的股份制公司化在世界上大概也不多见。

JNO的聘用条件中有一条是，每位艺术家都要举办个人音乐会。只要日程安排允许，我自然都会帮着演奏钢琴，我的友人同时也是NEXUS旗下钢琴家的务川慧悟也会应邀参加演出。

我希望乐团的成员都能独当一面，在音乐会上各自闪耀光芒，在实战中丰富积累，提升经验值。我还希望乐团的后援队伍不断壮大，而且粉丝们不是冲着JNO的牌子或者我个人的名气而来，而是被团里各位艺术家的风采所吸引，为他们送上喝彩。

JNO不仅定期在奈良举办音乐会，乐团成员还以每年五十场的频度举办系列个人音乐会。我期待青年音乐家走遍全国，感染一批过去没机会现场听古典音乐的听众，进而掀起古典音乐热潮。当然，我要打头阵，和团员们一起完成精彩的演出。

第一场线上古典音乐会

2020年1月新冠疫情刚开始时，世界上几乎所有人都没把它当回事，以为马上就会恢复平静。谁知一场大疫在全球化时代肆虐发威，病毒随着飞机的穿梭往来迅即越过国界传播。

到了2020年3月，音乐会和各种演出相继取消，当时往来于日本和海外的我回到日本之后，便陷入了难再返回欧洲的境地。

失去工作的不仅是演奏家，音乐厅关门，没有了演奏场所，管理音响和舞台设备的技术人员也就无事可做；没人演奏钢琴，调音师也就没了用武之地。e+公司原本售罄的门票全额退款，先前大举投资的项目，现在变成了不断增长的赤字。那些在会场领座、为演出默默贡献的义工团队，也突然间无事可做了。

如此下去，音乐家及团队的收入归零，音乐会或许再也无法举行，在这场“居家生活”被反复强调的新冠灾难中，难道就没有一个模式可以让人继续演出、就业，可以让人谋生糊口吗？

没等安倍晋三前首相发布第一次紧急事态宣言，我就行动起来了。2020年3月18日我直接去见了e+公司的桥本行秀董事长，强烈建议他们举办付费点播的线上音乐会。

在这场全球性疫情开始之前也有线上音乐会，但那只是YouTube平台上的视频，谁都可以免费收看。在日本，还没人试过像买音乐会门票一样花1 500至2 000日元的视听费，在电脑或手机上观看收费播放的音乐会。

“这能成为一种商业模式吗？没把握啊。”

“这种付费线上音乐会还没人做过，会有风险，中途画面卡住不动时怎么办？技术方面要解决的问题太多了。”

e+的团队提出了诸如此类的反对意见，我则游说e+的桥本会长：

“不。此时不做，更待何时？线上音乐会必能成为一种商业模式，我们这种创新性的组合模式肯定能在新冠疫情下的娱乐界成为标杆，我们不去开这个先河吗？”

我如此劝说，终于，我的一腔热血得到了桥本会长的首肯。

我们花了不到两周做好网页，准备好售票入口，还要联系三得利音乐厅，召集当日可以演奏的团员并考虑节目单。这不仅是日本古典音乐业界没人做过的事，在整个娱乐业界也几乎是最迅速的企划了。2020年4月1日，一场无现场观众的线上音乐会《Hand in Hand》拉开了帷幕。

最初计划的是24位音乐家汇聚一堂演奏，却又因新冠病毒势头太猛，而临时改变计划。由我弹钢琴，另找了几位萨克斯和单簧管、双簧管、巴松管、长笛演奏者，共计八人进行了这场无现场观众的线上音乐会，六天后的4月7日，安倍前首相发出了第一次紧急事态宣言。

谁都害怕这肉眼看不见的病毒，在这种情况下，我们也受到了一些舆论批评："演出成员相互密接，虽说是线上音乐会，也会因此而造成感染的呀。"

作为音乐会的发起人，我在社交网络发布《Hand in Hand》演出讯息的瞬间浑身发抖。因为这个方案的推行，粉丝有可能变成反对者，甚至还有可能让e+和会场、演奏者都成为抗议和攻击对象的风险。

演出计划做了重大改动，尽量不在同一时间造成多人密接。我最大限度地接受反对意见，找出万全之策举办了演出。演出定在工作日周三的晚上七点开始，竟也卖出两千多张数字门票。这个数字乃是当日演出会场实际可容纳观众人数的几倍。演出节目表是3月27日发布的，也就是说短短几天时间就吸引到了两千名观众。

这次挑战提供了就业机会，并产生了不少盈利，成为疫情旋涡中音乐家的一种活动模式。半年之后，在线演出已不限于音乐界，在相声和脱口秀表演界也都成了寻常之事。不能眼睁睁地看着娱乐业在这场全球性疫情中垮掉——是这个念头驱动着e+和许许多多人，使大家行动起来。人们以一种投身于暗夜，摸索中前行的勇敢精神，开拓了大疫情时代中娱乐业的可能性。

用Note挣得百万日元

2020年5月25日，安倍前首相发布第一次紧急事态宣言，全国上下都陷入了异常紧张的状态。而与此同时，我们正向一项实验性的项目发起挑战。在Note[1]上传了布格缪勒[2]的《二十五首练习曲》音源。Note这个平台可以用来方便地发布文章、照片以及音乐、视频等各种作品，既可让人免费收看，也可采取收费或打赏方式。

演奏在自己家里进行，录音和编辑也都由自己做，收费标准设定为1 806日元，1806是这位作曲家诞生的年份。

这个项目广受好评，短短一周的收益就超过百万日

---

1 Note：日本的一个社交媒体平台。

2 布格缪勒（1806—1874）：德国作曲家。作品《二十五首练习曲》中所有的曲子手指跨度都不超过一个八度，故而成为广受钢琴初学者欢迎的教材。

元，此后仍继续有进账，在2022年已成为具有商品价值的长销产品，截至2022年6月，收益已达三百万日元以上。

吉本芭娜娜这样的专业作家也在Note上通过收费阅读功能发布新作，不过多数投稿者还是业余创作者。专业艺术家在平台上开账号，分享自己的表演视频，发布观点和作品，直接采用付费收看的模式，利用平台创收，这在当时还是一个新鲜事物。

在人们普遍认为网络上的文章理所当然都应免费阅读的风潮中，如果一味担心付费产品卖不出去，那就只能让专业演奏陷入一种只能免费发表的困境而作茧自缚。在所有的音乐厅都因疫情而关闭，人们被剥夺了享受音乐的乐趣时，我想让他们通过布格缪勒的练习曲重温练琴的快乐，同时也能通过平台创收，让专业钢琴家的生活在疫情时期仍能持续。

某杂志与我商量采访计划时，说到有年轻人哀叹自己好不容易从“毕业难度超大”的东京艺术大学拿到文凭，如今作为一个音乐人却无处去演奏，生活陷入困境。我听此话不禁深感年轻人想事情过于简单了。

即使是名校毕业，也不一定就能让一两千人的音乐厅满座，更何况是在经济活动都因疫情而停滞，人们舍不得在文化艺术方面花钱的情况下。门票收入越少，从事艺术工作的人原本就辛苦的生活，便会越发艰难。

只是把糟糕的现状归因于时运不济和疫情原因，这种心态毫无意义。找点不咸不淡的借口逃避责任自然轻松，若一味发牢骚、眼光向后、固步自封，那么作为音乐人，将越来越陷入找不到演出机会的被动境地。

既然有Note这种任何人都随时可以发布作品的平台，那么何不利用平台做收费视频？不妨就在平台上试着发表作品。“没地方发表作品”之类的说辞，纯属给自己找理由，“地方”多得很，明明有地方可供自由发挥，只是发牢骚的人没去利用这个平台而已。

新冠疫情也导致了一些积极的变化。越来越多的年轻创作者，他们不从属于大公司，而是以独立身份在网上发表作品。对于数码一代来说，智能手机已不单单是生活用品，同时也是挣钱的商业工具。

用好手中的手机，就可生出新的工作并得到收入，越来越多的年轻人意识到这个事实，这是个很好的变化。

在e+的收费线上音乐会和在Note的钢琴教学视频取得成功后，我也希望看到更多年轻的音乐人也加入到这个行列中来。

娱乐饱和时代，音乐何去何从

这场疫情尚未开始前，我就一直不满古典音乐业界过度因循守旧。不管周围有多少商机，古典音乐业界始终安于现状，懒于开拓新的观众群体。

生活在远离都市的城镇、山村的人很难有机会鉴赏NHK交响乐团之类管弦乐团的现场演奏，更难有机会赶在柏林爱乐乐团或维也纳爱乐乐团访日演出期间，专程赶去东京、大阪观看。

用在线付费收看的方式为这部分观众送上音乐，本应在疫情开始前就能做到，可是却有一种观点认为：去音乐厅听现场演奏是天经地义的，在线转播之类的都是歪门邪道。然而若就此固步自封，在网飞（Netflix）、亚马逊流媒体视频网站（Amazon Prime Video）提供的大量资源唾手可得的今天，年轻人必将日益远离音乐厅。

疫情成了一种契机，如同休克疗法一般在短短的时间里使在线音乐会得以实现，我想从积极的方面看待问题并抓住机会，让时代潮流早一点发生变化。

花上一千到一千五百日元，用电脑或手机享受一场好的音乐会，听过的人一定会说："在线观看尚且如此动人，若去音乐厅听现场演出，想必更是美妙，下次得去音乐厅。"若能通过在线音乐会扩大听众基本盘，也必将拓展愿意前往音乐厅听演奏的潜在客户群。

出租车后座从几年前开始装了液晶屏，播放商业广告成了常事，我觉得想出这个办法的人实在是个天才，眼前出现视频节目，我也不知不觉间就看得入了神。广告宣传的吸引力真的太强了。

播放线上音乐会时，也可在曲目之间像电视节目那样插进商业广告。在音乐厅看歌剧时，舞台周围也可以设置电子屏，就像奥运会和世界田径锦标赛、网球四大满贯的计时屏上显示"OMEGA""Rolex"等企业名称一样，歌剧舞台的字幕显示屏旁边也不妨加上赞助企业的名称，这样一来，品牌名称必会映入所有观众的眼帘。

其他行业纷纷做出新的尝试，并产生新的效益，但放眼整个音乐界，连出租车公司都在顺理成章地操作的事情都无人去做。自新冠疫情暴发，音乐界才总算有年轻人开始动了起来。用一句老掉牙的话来说就是：正因为我们来到了一个危机时代，才能借危机的反作用力，变“危”为“机”。

打造融入大众的音乐

“若不遏制地球变暖，人类将在21世纪中灭绝。”

“增加地球负担的生活方式应该改变。”

“现在是SDGs（联合国可持续发展目标）的时代。”

全世界都是这样的呼声，但我们古典音乐界却依然独爱纸质广告传单。

大多数人都是在音乐会开始前啪啦啪啦翻看手中的传单，挑出两三张自己中意的演出的广告页收进包里，剩下的都给扔了。

若无某种形式的宣传，钢琴家、小提琴家及所有音乐业界的相关人员都无法生活，可宣传广告绝不是非“纸”不可，应该还有其他方式。

我正在计划开发一种专用于古典音乐的手机App，在手机上打开这个应用软件，本周哪个城市有什么音乐会，具体地点在哪里一目了然。“明天的聚餐临时取消了，不知现在能买到哪里的音乐会门票?”如果有这样的需求，便可立刻检索、订购门票，到时凭二维码就可以“无纸化”入场。这样的App，一定还可成为联结我们音乐人与古典音乐爱好者的一个交流平台。

大数据根据过去的购票记录便可解析App使用者的兴趣和偏好，就像亚马逊网站的推荐功能会向客户介绍他们可能想买的商品一样，希望我们的App也能为每一位用户推荐适合他们的音乐会。

对于从未接触过古典音乐的人来说，踏进音乐厅的门槛太高了。

“音乐厅完全无需正装入场，即使身穿牛仔裤、便服也都会受到欢迎。请大家穿着日常的衣服过来放松心情。”

“音乐厅里空气干燥，各位可以用保温杯带开水入场，中场休息时在门厅润润喉咙。”

“今天下半场的曲目共有四个乐章，欢迎大家最后结束时起立鼓掌!”

若能如此贴心地介绍音乐会现场的礼仪，进入音乐厅的门槛将会大大降低。

日本有《交响情人梦》《钢琴之森》这样出色的音乐题材的动漫作品，我们还可以在App里制作动画效果，由野田惠和千秋真一、一之濑海、阿宇野壮介[1]来对音乐做通俗易懂的介绍。

如何乘车前往音乐厅，自己所购座席在会场的哪个方位，离哪个入口最近，卫生间在哪里，有没有无障碍卫生间……App甚至还能让用户找到距离最近的不用排队的卫生间。

---

1 均为上述两部漫画中的角色。为阿宇野的演奏配音的即本书作者。——编注

向乃木坂46[1]和武井壮[2]学习

乃木坂46有很多地方值得我学习，我也去东京巨蛋体育馆看过她们的演出，不管是线下的握手会还是在线演出，她们都能很好地理解粉丝心理，宠粉宠到了粉丝的心坎上。每次和不同领域的人接触，我的好奇心便被激起：“这种商业模式或许也能用在古典音乐界吧？”

我因为与一些演艺明星同台演出而相互认识，私下也会跟他们聚餐，对我来说这是“偷师”的绝佳机会。我努力把谈话间迸发出的好点子牢牢记在脑中，与他们交往很能打开思路，很多见闻颇有启发。

武井壮比我年长21岁，我们每次见面，他都会作为老

---

1 乃木坂46：日本的女子偶像组合。
2 日本影视演员。

大哥提供一些令我瞠目结舌的创意。2017至2018年间他曾对我说：

“音乐是超越语言壁垒的，音乐家仅用一个音符就可打动人。反田君，你有这个能力。若我是你，我就能用这个能力挣到10亿日元。”

“哪里哪里，那也是您的创意值钱。”

听我这么回答，武井一本正经地说：“你应该把事情放在全球背景下来考虑。”自从NHK播放《机场钢琴》《街角钢琴》节目以后，全国各地放置街头钢琴的场所有所增加，有人便自拍了弹琴的视频上传在YouTube上博取人气。

早在街头钢琴流行之前武井就说过：

“要是我，就把钢琴运到科罗拉多大峡谷去，你就在那里弹钢琴，然后用无人机摄像，做成视频后以《与反田恭平共游大峡谷》为标题在线播放，也可把钢琴放在古罗马斗兽场旧址前，专弹意大利音乐家的作品，即使语言不通，音乐仍可作为一种武器联结世界。”

若一味局限在古典音乐界坐井观天，根本就不会想到这样的点子，最后只会甘于保守而趋于腐朽。我想在原本就已像化石般落伍的古典音乐业界掀起新风，武井先生那天马行空的创意，甚至马上就能实行。

第六章　古典音乐的未来

在线音乐沙龙

新冠疫情之中的2021年5月，我创办了在线沙龙“Solistiade”。

西野亮广[1]的“演艺研究所”、堀江贵文[2]的“堀江贵文改革大学”，以及幻冬舍的名编辑箕轮厚介主持的“箕轮编辑室”等名人和改革家数年前成立的在线沙龙均运营良好，我从他们那里得到启发。世界各国的古典音乐界也早就有了供音乐家直接聚会的沙龙，我便也想到尝试经营线上沙龙，以便与当今时代契合，让音乐家和古典音乐迷有个集聚之所。

我们先组织了免费沙龙，会员立即超过三万，后来又

1 西野亮广：日本喜剧演员，漫才组合King Kong成员之一。

2 堀江贵文：日本知名门户网站Livedoor（中译“活力门”）的前总经理。

设置了年费五千日元的正式会员和年费三万日元的高级会员两种级别，这些付费会员的人数也在顺利增长。

需要向大家道歉的是，由于持续出现演出门票一票难求的状况，我们只好为付费会员设立了优先购票的制度，并把一些未公开的视频、音频资料及信息用在线的方式发布，而且还在策划召开粉丝会，以便与会员面对面交流。

新冠病毒流行前，音乐教学基本采取面授方式。师生长时间在密闭环境接触伴有扩大感染的风险，新冠疫情成为一种契机，越来越多的教学采用手机社交软件的视频通话功能进行。

我的沙龙可让学生在线上接受一线专业演奏家的授课，不用跋涉到JNO所在地奈良，身在外地即可上课，甚至哪怕你人在非洲大陆的沙漠地带或是南极基地，都可通过沙龙学音乐。

学生也可把自己的演奏视频传给专业演奏家，让演奏家进行指导，今后我还想开发授课用的手机应用，服务有志于成为专业音乐人的会员。

今后可能还有更多尚无名气的艺人会借网络和智能手机一夜爆红，未来这样的超级明星若能不断诞生，整个古典音乐界便可借助线上、线下两种方式红火起来。

虚拟现实和元宇宙的未来

2020年初全球疫情开始，不仅是古典音乐厅，所有的演出场所都关闭了，在病毒持续肆虐之际，我想到用可穿戴设备提供音源，考虑可以借助AR（augmented reality=增强现实）和VR（virtual reality=虚拟现实）的技术革新，让人居家中就可享受音乐厅现场般的音乐盛宴。

现阶段若要去实现这个效果，所需费用过大，而且有一个限制条件：假如拥有VR眼镜的人不增加，那么对配套服务的需求也就难以形成市场。

在日本电信公司的协助配合下，我们决定先尝试用360度摄像机拍摄演奏场面。拍摄出来的画面相当有趣。在钢琴和管弦乐队同台演奏协奏曲时，有的观众只盯着我弹琴时的指法动作，也有的喜欢观察我脸上的表情变化；有人对指挥的动作看得津津有味，也有人只看某位特定的首席演奏家。

若用360度摄像机拍摄，钢琴演奏者何时把脸朝向指挥，何时把视线投向首席演奏者都可一目了然，需要时可回放影像资料确认。

指挥棒的挥法可以一帧帧确认，还可以看到与指挥视线交会的乐队成员的特写；反过来也可从乐队的角度确认指挥脸部的表情和身体动作。若在线上操作360度摄像机，则可对诸如弦乐器运弓之类的技法，进行细致入微的分析。

眼镜设备若需花几万日元去买，固然令人颇费踌躇，但这眼镜的原材料只需五百日元，小朋友的课外研学都能做得出来。这场疫情何时结束尚未可知，且不久的将来还有新型毒株爆发的可能，付费线上沙龙今后将持续提供360度摄像机拍摄的演奏视频，现在就必须做好准备，不管何时发生了什么，都不能让娱乐业坐以待毙。

5G普及覆盖到日本全国尚需稍待时日，而之后还将迎来6G、7G时代，通信的效率提升将远超人们的想象。

IT业界创业家预言：5G将必然成为通信的基础手段，若发展到6G，则将呈现元宇宙（metaverse）的盛况。所谓“元宇宙”，是meta（超越、高次元）+universe（宇宙）组合而成的新词，用AR和VR可穿戴设备登录互联网上的虚拟空间，眼前便可展开一片毫不逊色于真实世界的高像素空间（另一世界），让你在元宇宙享受娱乐节目或音乐演出，如同身临迪士尼乐园或三得利音乐厅一般。

尽管听来像是科幻电影描绘的梦境，我仍认为在元宇宙演奏的日子就在不远的将来，若能足不出户就享受到三得利音乐厅那种完美的音效，岂不快哉！

在古典音乐界发起数字化革命

在接受报刊杂志采访时我始终能感觉到纸媒经营之艰难，无论记者和摄影师如何努力发表报道，人们都已不再轻易掏钱买报刊杂志，电车上每节车厢只有一两个人在读报刊，大家的眼睛都落在手机上。

我觉得必须设法让报纸杂志生存下去，又觉得现在已到了变革之时，欲立必须先破。

线上沙龙Solistiade的付费会员愿花五千或三万日元的年费观看我和JNO的演出，如此热情的后援团是一支最强大的力量。

首先应珍惜这些核心的付费会员，不断充实线上沙龙的内容，表现我的钢琴和JNO的魅力以及古典音乐丰富的内涵，并让线上沙龙付费会员人数稳步增长。

从环保方面考虑，应该把纸质广告收进手机应用，与全国各地的音乐厅、演出团体、唱片公司乃至自治组织合作，将有关信息囊括于其中。

扫一下手机平台软件里的二维码，再无必要在音乐厅入口检票，也可只给想要留个纪念的人发张纸质门票。其他行业普遍在做的变革，古典音乐业界却无动于衷，这让我感到不满。

数字化转型和“数字化革命”的必要性既已成为如此热门的话题，我想古典音乐业界也应当发起革命，我愿为此开始行动。

若在手机上订购古典音乐演出门票，有关记录可以保存数年乃至数十年之久，我想为那些一直在听音乐的大学生、中学生提供一些折扣力度大的特价席位，也可引进电影院的免费券优惠方式，用手机订票六次即可享受一次免费。

我少年时代住过的地方是盖章拉力赛[1]的发祥地，走到商店街的任一家百元折扣店、超市，都可盖到当地专用的印戳，买100日元东西就可盖一个戳，凑满350个戳就可当作一张价值500日元的商品券使用。还有一种为印戳收集者举办的抽奖会也令人期待，中奖者可以拿到大米、旅

1　盖章拉力赛：延一定路线收集各指定车站、旅游景点纪念戳的比赛活动。

行券或迪士尼乐园的双人券。我们若也能实行这样的奖酬活动，会员就会有了两个月听一场音乐会的积极性。

从古典音乐到日韩流行音乐、摇滚乃至戏剧、落语[1]、能乐、歌舞伎……假设日本1.26亿人口中有600万去现场观看各种各样的演出，先有100万人下载我们的手机软件，渐渐那600万观众应该都会下载的，这个了不起的时代将会来到。

就像T积分卡[2]和7-11的nanaco卡[3]之类都可在手机应用商店下载，有600万人平时都可以接触用于观看音乐会的App，每天只需花四五秒钟就可看到诸如“某某音乐会本周在某地举办”“JNO音乐会今晚举办”之类的信息，这将具有相当可观的宣传效果。

现在到处都有此类说法：“反田恭平是古典音乐界的弄潮儿”，“反田不断挑战新目标”。其实我并非格外标新立异，只不过是想把古典音乐业界以外的人们正在做的寻常之事也做一遍而已。

众所周知，TBS的招牌节目《情热大陆》一般不会反

1　落语：日本传统曲艺，类似单口相声。

2　T积分卡（T point）：日本的一种储值消费卡，可以在指定商家消费，并可以得到相当于消费额1%的积分奖励用于再消费。

3　nanaco卡：日本最大的便利店连锁企业7-11集团发行的一种储值消费卡，可在指定商家消费并获积分奖励。

复采访同一个人，但继2016年10月他们关于我的第一期节目之后，2020年8月他们又找我做了一期节目，接着又跟拍了我挑战肖邦大赛的过程，于2021年11月播出了以我为主角的第三期节目。

肖邦大赛第二名和《情热大陆》的节目发挥了极大的效果，我的演出如今似乎颇受关注，我没想到肖邦和古典音乐在2022年的日本居然能受到如此关注，原本仅有部分古典音乐迷在听的音乐门类正在大众化，日本有进一步扩大古典乐迷群体的潜能，我希望借助这种潜能，在日本掀起史上头一号的古典音乐热潮。

动画音乐、电影音乐与古典音乐的融合

美国的波士顿交响乐团（Boston Symphony Orchestra）是一个著名的高规格古典音乐管弦乐团，在全世界广为人知。可是你知道吗，这个乐团在演出淡季便变身为波士顿通俗乐团（Boston Pops Orchestra），这个超一流乐团在野外开音乐会，演奏大家耳熟能详的电影音乐，观众们无所顾忌地喝彩，男女老少都沉浸于音乐之中。

约翰·威廉姆斯是电影音乐界的传奇人物，他创作了《大白鲨》《第三类接触》《超人》《星球大战》《夺宝奇兵》《哈利·波特》等众多影片的配乐。在迎来88岁大寿的2022年，他仍在亲自登台指挥。2021年10月，他与世界最好的柏林爱乐乐团一起表演了《哈利·波特》《超人》等自己的一批名曲作品（已有现场录音CD发行，强烈推荐大家一听）。

有些孩子即便觉得古典音乐的门槛太高，但听了《哈利·波特》或迪士尼动画片以及《新世纪福音战士》《鬼灭之刃》的音乐就都会如痴如醉，我们可以先为他们安排吉卜力工作室[1]的动画音乐和电影音乐，然后再安排一些古典音乐和有助于培养鉴赏品位的音乐会。

久石让先生曾为宫崎骏的动画片和北野武的电影做过很多配乐，颇受孩子们和年轻人欢迎，他若执棒指挥贝多芬作品，平时不听古典音乐的人也会来音乐厅听演奏，我觉得有着各种各样的路数，可把大量观众引向古典音乐。

我或许也可以跟做电视节目时相识的演艺界人士合作一些“跨行技艺比拼”，例如舞蹈与钢琴演奏，朗诵与钢琴演奏，日本传统舞蹈、传统音乐与西方古典音乐，等等。

小时候钢琴于我是一种娱乐式的兴趣爱好，我觉得如今仍是如此，是自己最大的兴趣，尽管这话或许会让人不满。弹钢琴时达到忘我和陶醉的程度，不知不觉间周围人便会觉得“钢琴就是反田恭平的职业”，仅此而已。

我爱钢琴，我爱古典音乐，我希望能让尽可能多的人发现并了解它们的魅力，为此我愿注入自己的所有心血。

1　吉卜力工作室：日本动画片大师宫崎骏创立的工作室。

从钢琴家到指挥家

管弦乐队的指挥如同魔法师一样，向演奏者传达音乐的表现方法。指挥选择表达方式，用一举手一投足，用身体的细微动作，超越语言的障碍，用一种世界通用的方式交流信息。我希望今后能不断钻研指挥这门技艺。

成为指挥家是我自小就有的目标，我觉得音乐家的一种理想形象应该就像伦纳德·伯恩斯坦[1]、丹尼尔·巴伦博伊姆[2]、米哈伊尔·普雷特涅夫[3]、郑明勋[4]那样，既是钢琴家又是指挥家，希望自己到了七八十岁后仍能作为一位技艺

---

1 伦纳德·伯恩斯坦（1918—1990）：美国钢琴家兼指挥家。

2 丹尼尔·巴伦博伊姆（1942— ）：出生于阿根廷的以色列钢琴家兼指挥家。

3 米哈伊尔·普雷特涅夫（1957— ）：俄罗斯钢琴家兼指挥家，俄罗斯国家管弦乐团的创建者。

4 郑明勋（1953— ）：韩国钢琴家兼指挥家。

圆熟的大指挥家打动听众的心。

钢琴家和指挥家都不像实用英语技能检定[1]、TOEIC或医师、律师的国家考试那样有客观的评价体系，极端地说，钢琴家和指挥家属于一种谁都可自称胜任的职业，可是我既然在音乐这个行业里，就不想终此一生都只是一个平凡的音乐人，被人评点："那家伙弹弹钢琴就挺好，却偏要自以为是地去做什么指挥家。"

钢琴方面，在肖邦大赛拿到第二名已是我的顶点，之后的希望是：首先担任JNO的指挥兼钢琴演奏者，然后把钢琴让给别人弹，我自己专任指挥，成为一个能在人们心中留下痕迹的指挥，更大的梦想是去指挥海外的乐队或担任歌剧指挥。

我的读谱能力及世界通用的钢琴技术已由肖邦大赛盖章认证，这给了我进一步的自信，今后需要的是扎实地掌握指挥技能，积累指挥场数和经验。我应在与JNO成员切磋的过程中与他们共同提高技艺，乐团的二十位音乐家将作为同志和良师培养我成为一个指挥家，我对他们打心底里信赖。

作为一个指挥家，我希望自己只要登上舞台站在指挥台上，韵律就仿佛从我身上散发出来，一种存在感如热

1　实用英语技能检定：日本的一种英语能力考试。

气般蒸腾。优秀的指挥家在挥棒前就已表现出压倒性的气场，正如武术家往那里一站，一场看不见的战斗就已开始。

指挥家无一不是表达的高手，他们在台上总能在不言不语之间，便把自己的意思传达给乐队，但“语言”对于指挥家来说也很重要。

读小说、诗集时发现了美好而富有幻想色彩的章节，便可把它截取下来，指挥的时候运用到自己的情绪表达中。不止文学，哲学、宗教、历史，这些知识对于指挥家来说都是必要的养料。

我要在头脑中积累足够多的语言和知识，以便在未来的指挥实践中发展出一套属于自己的理念。

未来，开一所音乐学校

我还有一个目标：十年后在日本开办一所音乐学校。以东京艺术大学和桐朋学园大学为代表的日本音乐院校，无论是师资还是教学水平都已是一流，可是现实情况是：优秀的外国音乐人却不会到日本留学来学习古典音乐。

新冠疫情暴发之前，有为数众多的外国人到访日本全国各地，一时间“年入境人数超四千万”就在眼前，然而来的外国人几乎都是观光客，在日本留学，并学习音乐的几近于无。

我想创办这样一所音乐学校，让亚欧各国的音乐青年自发地产生“想去那里留学”的愿望，具体形态应稍异于普通大学，也就是法语里的Conservatoire，音乐专科学校。

根据目前设想，我想在这所学校里设置两种学制，让两路人马共存共赢。第一类学生是希望直接由专业演奏家指导的学生；第二类学生是经过遴选的成绩优秀者，学校为他们设置特别课程，可称之为“超新星培养计划”，对这部分好苗子全部免收学费和住宿费。

不管是富家子弟还是穷学生，只要有音乐天赋，就能师从一流音乐家学习，不仅限于国内，而是向世界敞开大门，用“超新星培养计划”（暂定名称）方式，培养杰出的音乐人。

学生将有机会与JNO合作登台，而且不仅有特邀客席身份，毕业后还有机会作为专业演奏者成为乐团的新成员。

百年前的奥运会根本无法想象人类可以突破百米十秒大关，随着技术和装备的进步，再加上运动医学的发展，田径运动员接受科学系统地培训，于是有了百米突破十秒大关的田径选手。

演奏与运动同理，若有科学指导，诸如：“这位演奏者具备这样的身体能力，若加强锻炼这部分肌群，如此动作，表现力就会发生质的变化。”那么，练就世界级水平的过程也将缩短许多。

与全世界的音乐家成为交心的好友，这也是我留学莫斯科和华沙以及挑战肖邦大赛的目的之一。我可以通过给在海外相识的音乐家朋友发邮件、发信息，邀请他们作为客座教授来日本授课。

“那家音乐学校汇聚着来自世界各地的名师，在那里学音乐肯定见成效。”

“只要从这所音乐学校毕业，就会得到相关行业人士的关注。”

我希望把它办成让外国人趋之若鹜前来留学的音乐学校。

现实状况是：从海外来的老师顶多以研修班的形式在日本停留两周，用两周时间集中授课，效率固然不错，但难免成为一种揠苗助长式的教育。

我想采取“艺术家驻校”的方式，让老师在日本停留半年到一年，与学生一起生活在校园，一起吃饭，成为无话不谈的朋友，以面对面、肩并肩的模式进行人才培养。

艺术落后的国家日本

自1970年的内田光子以后，时隔五十一年，我才作为日本选手再获肖赛第二名。

韩国、中国和越南却早已有钢琴家在肖邦大赛夺冠。日本经济总量虽然排在世界第三，却迟迟培养不出冠军。

当然了，究其根本，还是因为演奏者的实力有限。但此外，我仍想斗胆说几句逆耳之言：日本政府完全是让艺术家各凭本事，自谋生路，根本没有出力扶持文化艺术事业，这种现状让人痛心。

日本的文化事业经费预算在国家总预算中所占比例只相当于法国的八分之一，韩国的九分之一。人家以近十倍的力量用国家制度支持音乐家，日本输给法国、韩国自是理所当然之事。

去海外的大学学习音乐需支付高额的学费和路费，仅为拿到签证就须提交大量资料进行申请。文化厅若能为青年音乐家提供足够的经济资助，该是怎样的善举啊。哪怕只要完善相关制度，让签证手续变得简便顺畅，也能大大减轻留学的负担。

我刚获肖赛亚军的时候，文部科学省和文化厅的官员曾叫我参加座谈会献计献策，说是“想听听反田的意见”。我明知得罪人，却还是果断拒绝，并批判了一番：“现在提建议还有什么意义吗？我出生前的半个世纪，文部科学省和文化厅都在干些什么？”

日本的文化艺术振兴预算应该至少增加两三倍，艺术家正因新冠疫情而面临危机，却不见日本政府给什么支援。此时本应进行广泛且强而有力的支持，为应对后疫情时代，着力加强制度建设。

邻国韩国旗帜鲜明地提出依靠文化软实力谋求发展，因此奉俊昊导演的电影《寄生虫》包揽了美国奥斯卡最佳影片、导演、剧本等奖项，又在戛纳国际电影节获得最高奖金棕榈奖，韩国电影和网飞的韩国电视剧也在世界上颇受欢迎，防弹少年团也被提名入围格莱美奖。

应以举国之力支持电影、戏剧、音乐等文化艺术事业，并让这种努力最后结出成果，文部科学省和文化厅不可始终首鼠两端，我希望政治家们在这一点上应该果断转换政策方向。

对读者诸君，我也有一小小希望：古典音乐陶冶情操自不待言，大家听音乐之前，不妨也对乐曲的时代背景和当时社会风貌做些了解，在此基础上聆听音乐，将会有别样的领悟。

把奈良变成日本的华沙

正如前述，JNO避开东京而特意把大本营设在奈良，当然有若干考虑。

距今一千三百多年前，奈良曾经是名为“平城京”的首都，借助中国大陆和朝鲜半岛最先进文化艺术的注入，日本发生了令人刮目相看的变化。以佛像为代表，奈良留存着很多当时的佛教文化遗产，处处体现出一种愿将这些文化遗产珍藏百年千年的谦虚姿态。

波兰人无论身在何处，对自己的祖国都怀着强烈的思念和热爱，这点与奈良人是相似的，若在奈良生活，时时都能感觉到与华沙的共通之处。

因为附近就有很好的京都艺术大学，所以有志于学习音乐的奈良学生一般都去京都艺术大学，但我希望有朝一日自己开办音乐学校，能使全国乃至全世界的青年音乐人把奈良作为向往之地。

2021年4月，我就任奈良县的文化政策顾问（任期一年），奈良县自不待言，奈良市也与JNO达成了合作协定。

作为一个地方城市，不管花多少钱建起了何等气派的音乐厅，若无观众问津则毫无意义，曲高和寡是件悲哀的事。我希望达到的效果是：奈良县内和近邻的区县的中小学生纷纷前来听音乐。有时还可举办一些活动，让业余演奏者和JNO一起享受音乐，把音乐之城奈良打造成男女老少共享音乐的嘉年华。

作为更远大的理想，我希望有朝一日在奈良办国际音乐大赛，发掘十多岁到二十多岁的年轻音乐人和指挥。到时候，就像我向往华沙的肖邦大赛一样，全世界的音乐人也都对奈良心驰神往，选手们在大赛中展现演奏艺术的至高水平，一批批迷倒世界的音乐家从这个大赛诞生，那该多好啊！

日本现在已成功地成为世界上最能给人安全感的国家，连地方城市边边角角的基础建设也都十分完备。对于这样的日本来说，接下来最需要加强的就是文化软实力了。当今世界上国与国之间因意识形态的差异而相互抵牾，甚至凭借硬实力兵戎相见，恕我斗胆说句或许幼稚的话：我希望凭借音乐之力，改变当今这种可憎的潮流。

第七章　我身边的天才们

与“发小”小林爱实共度的青春岁月

我周围有许多堪称“天才”的人，我想介绍其中两位曾给我激励，有时又令我嫉妒的天才。

2021年10月，小林爱实在肖邦国际钢琴比赛中荣获第四名。正好她家跟我家同在一个片区，我俩自小背着双肩书包上过同一所音乐培训班。能与她一起登上肖邦大赛的决赛舞台，并共同获奖，这让我打心底里感到高兴。

我生于1994年9月，小林生于1995年9月，我们俩正好相差一岁。我从幼儿园到小学时代一直着迷足球，她则不同，她的人生一直是沿着钢琴之路前进的。

她三岁开始弹钢琴，七岁就与管弦乐队合作演出，九岁时在所有音乐家都向往的纽约卡内基音乐厅登台演奏。2015年10月在肖赛中闯过三轮比赛，最后虽未获奖，但已作为决赛选手展示了她出色的演奏。

我刚开始弹钢琴时，小林已经作为“天才少女”扬名全国。她出身于山口县宇部市，小学五年级时举家迁往东京，我俩在桐朋学园音乐系附属音乐培训班一起学琴，很快就成了好朋友。

我们两家曾一起通宵夜游，一起开车兜风，夏天一起放烟花。上中学后我俩仍常常切磋琴艺，因为两家住得很近，我们常一起放学回家。

对于身为独子的我来说，小林虽是竞争对手，但她年纪比我小一些，所以我常常在她面前扮演哥哥的角色。

“两小无猜真好，就像亲妹妹一样，有这样的好朋友不是赛过有个亲妹妹吗？我这辈子都要和她做朋友。”

我俩分别去莫斯科和美国留学以后仍经常联系。我们性格都要强，所以都不愿流露出自己软弱的一面，无论是留学的艰苦还是必须克服的问题，我们都不发一句牢骚，只是把所有困窘和苦楚都暗自嚼碎咽下。

她也一定跟我一样，在留学期间历经了种种辛苦。

名叫小林爱实的钢琴家对我来说是妹妹一样的存在，也是志同道合的好友；她有时是与我并肩挑战肖邦大赛的战友，有时是让我在她身后奋起直追的天才。从小至今我俩一直在互相追赶，互相超越，共同进步。有时我会自叹不如，也正因小林如此优秀，我才能保持着全力拼搏的斗志。

排座次的无情世界

对我来说，2021年10月的肖邦大赛是最初也是最后的决胜机会，小林是上届（2015年）肖邦大赛决赛选手，这次有她在，对我来说是一种不可替代的助力，初登肖邦大赛的舞台，我不曾想到过会有一幕幕如此跌宕起伏的戏剧化的场面上演。

“这样的超高压大赛，她居然还参加了两次！她经历过2015年那次比赛的磨练，积累了宝贵的经验之后，这六年始终保持着平和心态，待我一如既往。小林爱实真是个见过世面的人呀！”对她的敬佩之情再次涌上我心头。

大赛是残酷的，自小要好的我俩进入决赛后不可能同获冠军，而她应与其他选手一样，也是意在夺冠的。

我没见过哪位女性比她更好胜要强，更信念强烈，我们自小就亲如家人，这种一直被我们珍惜的关系会不会因比赛名次而毁于一旦呢？这令我十分不安，害怕今后两人的关系会变得不自然，甚至从此一刀两断。

比赛结束后，深深的担忧在我脑中翻卷许久。

我不知如果我与她的名次悬殊，日后我们的关系将会变成什么样。对我来说首要目标是走进决赛，若能夺冠自不待言，即使得到其他名次，我也坦然接受。

肖赛结束后，私下里应该以怎样的态度面对对方，对我俩来说都是个棘手的问题。

赛后的心结

记得在等待比赛结果公布时，我俩边吃饭边聊天，小林说：

“今后会怎样呢？不管结果如何，咱们的关系可别变味儿哟。”

上届肖邦大赛的冠军和获奖者都来现场听演奏，期待着小林获奖，从开始宣布结果的那一瞬间，她就被上届获奖者们围住，而且上届获奖者中还有与她同在美国柯蒂斯音乐学院学习的校友，甚至师从同一老师，同住一个宿舍，关系亲近。

我觉得自己好像不该觍着“发小”的脸，插足这个圈子。比赛结束后，我们两人之间产生了微妙的疏离感。作为我，面对比赛结果，今后应怎样与小林来往，我需要一些时间整理情绪，弄明白自己的心意，因此有意识地与小林保持了距离。

所幸因为新冠疫情的影响，回到日本后须居家隔离两周，她与家人一起度过了这段时间，审视自己的内心。因为两家关系很近，我常与小林的母亲联系：

“爱实还好吗？是闷在房间里吗？跟你们说话吗？”

我不时地如此打探。小林的可敬之处在于：无论问题多么复杂，她都能一一理清，并再次积极向前。

不久，我与她再碰面是因为电视台的节目录制，我们被邀一起做一个肖邦大赛的特别节目，见面是在朝日电视的休息室。

我敲响休息室的门，特地客客气气地寒暄道：“打扰了。你好吗？”这是肖邦大赛以来微妙地疏远之后，我俩的初次对话。小林随即满面笑容地说了一句“好久没见”，把我迎进了休息室。当时看到她表情的那一瞬间，我悬着的心放了下来，知道她已调整好自己心中的复杂情绪。我为能和她继续同台而感到庆幸。

从此，我们作为在肖邦大赛中并肩作战的战友，关系更上了一个层次。我觉得她经过这一役成熟了许多，我也因大赛的经历而在音乐和做人方面都获得了显著的成长。无论大赛获得什么名次，在音乐家的人生长剧中，只不过是其中一幕而已。

对于钢琴家来说，还有很多事比比赛结果更为重要，不管结果获得什么名次，都不可妄自尊大、自我膨胀，必须面向未来，永不止步。挑战者应有怎样的姿态，我们做音乐的人绝不可忘记。

读谱，还是听谱

高中时，我并不清楚小林爱实是在以怎样的心情弹琴。她不仅自小就认准了钢琴这一条道，而且不到十岁就以专业钢琴演奏者的身份登台。在我还把钢琴作为兴趣和游戏时，她就已把钢琴作为职业了。

音乐人挣钱是非常辛苦的。在桐朋学园大学附属音乐培训班学琴的时候，小林就已经领先所有同学，体会了职业钢琴家的艰辛。

为了筹措莫斯科留学的学费和生活费，我必须定期在日本举办独奏会挣钱，那时才开始懂得作为一个专业音乐人靠钢琴吃饭意味着什么。从那之后，我便能与她做更深层次的交流了，如今想来，当时她或许耐心地等着我早点步她后尘呢。

小时候就作为专业钢琴演奏者出道，以天才少女的形象举办音乐会，在这个过程中她应该见过各种各样的成年人，其中应该也有人带着目的利用她，最终她唯有封闭在自己的壳里自省。凭着自己的判断前行，想必十分孤独寂寞，或许跟我一样，她也曾有过想要放弃钢琴的迷惘期。

小林爱实属于舞台，肖赛中她选曲的品位以及对曲目的表现力，都证明了她的感受力和专注力都达到了超凡的水准。她是个纯粹的音乐家和艺术家，音乐是她唯一的追求。

我自认为读谱能力强，能把常用的二十五首钢琴协奏曲装在脑中。我熟读乐谱，反复默记海量音符组合，所以即使在音乐会的三天前有人要我临时救场，我也能登台演奏他们指定的协奏曲，就像一个演员把二十五段四十分钟的台词全都装在脑中一样。

我是一个靠眼读谱、记谱的钢琴家，与我对照，小林能在用耳聆听的瞬间迅速抓取音符，记谱的速度非同寻常，更能以一种动物本能般的直觉演奏出来。我若是老师，一定会以有这样的学生而庆幸。拥有这样一双灵敏超群的耳朵，小林实在是被神眷顾的天才。

另一位天才务川慧悟

1993年4月出生的务川慧悟长我一岁，他和小林爱实是同辈钢琴家里让我由衷佩服的两位。

和务川同获日本音乐大赛冠军以后，我开始关注他的动向。我先一步赴莫斯科留学之后，务川在钢琴家之路上稳步前进，他荣获过法国的艾皮纳勒国际钢琴比赛（Concours international de piano d'Epinal）第二名（2015年），以及法兰西岛国际钢琴比赛第二名（2016年）。

时光流逝，2018年11月我创办NEXUS株式会社并就任代表董事兼社长，与此同时，务川参加了第10届滨松国际钢琴比赛。我从预选赛开始就通过网络收看，画面中务川的演奏音色和表情非常宁静，但我能感到他内心迸发的激情。于是，我想身临其境地感受他所描绘的世界，觉得若不亲睹他在此次比赛中的表现，自己绝对会后悔的。

我按捺不住激动的心情，直接跑去了滨松，在现场欣赏了决赛的演奏。听了演奏，我确信务川能名列前茅。遗憾的是他最后得了第五名，但我的心意却未改变，一心希望与他合作一生，便邀他成为NEXUS的一位艺术家。

其实，作为同辈的男钢琴演奏者，假如他拒绝加入我所创办的机构也完全不奇怪。但事实证明是我杞人忧天了，务川爽快地接受了我的邀请，成为NEXUS旗下的钢琴家。然后便积极参与活动，不但客串JNO的演出，还跟我举办了联弹音乐会。这场联弹音乐会如我所愿及早实现了，我们俩因气质迥异而产生化学反应，三场演出在一片喝彩声中圆满结束。我希望一生都与务川一起把这样的联弹继续下去。

务川个人的大踏步前进并未停止。2019年，他在巴黎的玛格丽特·隆–蒂博–克雷斯潘国际钢琴比赛中荣获第二名。我当时也是急匆匆飞到巴黎直奔比赛现场，说实话，当时我心里还燃烧着嫉妒之火。同辈的日本钢琴家的出色表现固然令人高兴，但我更多想到的却是他会因这项荣誉超越我。疫情后世界重启，务川奔赴广阔天地，与我渐行渐远……想到这里，我越发感到失落和焦灼。

波兰华沙的肖邦国际钢琴比赛、俄罗斯的柴可夫斯基国际钢琴比赛、比利时布鲁塞尔的伊丽莎白女王国际钢琴比赛有“世界三大赛事”之誉。2021年5月，务川在伊丽莎白女王国际钢琴比赛中荣获第三名，这是很出色的成绩。

在NEXUS旗下的艺术家中，他第一个取得这样亮眼的好成绩，我作为社长感到庆幸，作为朋友为他留下激动的眼泪，但，作为同行，我也有种强烈的危机感。

“NEXUS不可失去务川慧悟这样的天才钢琴家，要想让他今后仍愿继续跟我合作，我必须努力才行。”

因此，我必须在五个月后的肖邦大赛中取得好成绩。

多亏有务川慧悟这样优秀的对手，我们互为标杆，相互激励，各自在大赛中全力拼搏。

务川慧悟爱读书，他的面容上甚至带着几分思想家或哲学家的深邃表情，常常令我佩服不已。因《情热大陆》节目随行跟拍了我们参加肖赛的画面，我和务川在一起的画面多次出现，比赛期间我还多次得到他的指点。当时若是没有他，我也许就会在某个点上出错。希望今后我们仍能一直相互切磋，共同成长。有他在近旁，我内心总是无限感激。

写在最后的话

若非小学时手腕骨折，我也许会努力去做一名足球运动员；当时如果不曾鼓起勇气站在指挥台上，我也许就不会爱上古典音乐。出于有趣、好玩而选择钢琴作为职业，这是命运的一个玩笑。果断放弃足球之梦，把一生投入钢琴和音乐事业，这个选择做对了。

俄国作家契诃夫曾言：

“艺术家的责任是提问，而非解答。”

遇到问题用谷歌检索，两三秒便可找到答案；想要查寻资料，无需辞书、百科辞典之类，打开维基百科即可；生活在这种时代的人们，会想从音乐中获得什么呢?

工作、人际关系、疾病、家庭环境中的种种问题，是谁都逃不过的烦恼和痛苦，若向谷歌、维基百科求解，电脑或AI都不会给出答案。

那么艺术家可以给出解答吗?至少我不敢妄言可以。钢琴家要做的是熟读作曲家写出的乐谱，并深刻揣摩作曲家想要表达的意图。在完成乐谱的那一刻，作曲家的工作就告一段落了，而演奏者则必须面对没有答案的难题，继续战斗。

面对两三百年前留下的乐谱，不断与历史上的作曲家进行灵魂的对话，我在舞台上表现了这对话的成果，以及我作为艺术家的执着。

挑战肖赛也是我与肖邦之间漫长的对话的成果。大赛结束后的今天，我仍不能给出明确答案，认为自己已准确表达了肖邦的意图。我想，听我演奏的人们也会有各自截然不同的理解。以音乐为媒介，每个人的头脑中应该交错着丰富多彩的人生图景。

我愿如契诃夫所言，始终以谦虚的姿态与肖邦对话，至死不倦地继续探索音乐的漫长旅程，始终把问题投向听众诸君。

小学生、大学生、上班族、家庭主妇、退休老人……来听音乐会的人年龄层分布很广，他们的职业领域和个人趣味，也是千差万别。

我愿在每一位来听音乐会的人心中奏响乐章、点亮灯火。我为此而投入全身心弹奏钢琴，努力弹出这一瞬间、这一场合才有的那个音符，作为一个求道者，把自己毫无保留地奉献给音乐。

契诃夫呐喊道：

“不要冒烟，要燃烧！”

若以不完美的演奏退场，余烬会留下难闻的气味。我愿自己的演奏撼动人心，不要那种火苗小浓烟大的演奏，而是要彻底燃烧，火柱直冲音乐厅天花板的演奏。

最后，我有话想对读到这里的各位说。

不管是当音乐家，还是从事什么其他职业，都应该持着坚定的信念走自己的人生之路。我碰巧置身音乐这块田地，遵循时令耕田、播种，稍待小苗成长又浇水灌溉，每天顶着日晒重复劳作，今天终于走到这一步，整个过程既有种种苦难，还有可能遇到危险，甚至会被卷入喜怒哀乐之外的复杂感情波涛，可是无论雨雪风暴，都要坚实地扎根成长。只要有信念成为这样的人，则终有发芽之时。

如今我已圆了儿时的梦，又朝着新的挑战迈步前行。有梦固然重要，但强求无梦之人有梦，则属于徒增压力。我不认为人人必须有梦；但牢牢把握当下并善始善终，这是人人都应该努力去做的。

当年若没有那张投进名古屋的公司宿舍的传单，我也许不会对音乐产生兴趣，若未能与音乐结缘，也就不可能弹奏出抵达全世界听众耳朵的音符。我在学生时代曾因叛逆，而不能与钢琴和谐相处，还曾将烦闷情绪发泄在钢琴上，自暴自弃，想再也不练琴了。

我也常常觉得自己没什么天赋……经过曲折的心路历程，我终于在音乐之路上坚持下来，并用自己的人生经历证明了坚持的意义。

人生，就是未完的乐章……

若是没有中小学时的同学木内旭洋君的策划编辑、撰稿人荒井香织组织文字、户仓岩出色的装帧设计，以及我经纪人蛯原若枝的帮助，本书就不可能问世。再次，我也要对幻冬舍的见城彻社长表示深深的感谢。

读者诸君若能从本书中我的这二三事中有所感悟，我将不胜欣喜。我会把音乐事业继续下去，期待与各位在音乐会上相遇。

2022年7月吉日